立松和平エッセイ集

いい人生

立松和平

野草社

立松和平エッセイ集　いい人生　目次

Ⅳ　父のこと、母のこと

写真——山下大明
ブックデザイン——堀渕伸治◎tee graphics

立松和平エッセイ集

いい人生

*

流れる水は先を争わず。

2007.9

私の座右の銘である。いつも自然体であるがままにいようということだ。自分だけ少しでもよくなろうと思い、無理をして先へ先へと急いでいくとする。結局人を押しのけることになり、そこから争い事が生まれてくる。水のように流れていけば、この世はすべてうまくいく。流れる水は一緒に流れているだけで、まわりを押しのけているわけではない。どんなに急いでも、まことに円満にこの世の摂理の中におさまっているのである。人の生き方も、そのようにありたいものだ。

I

子供の頃

卵売りの戦後

2000.1

生まれてから最初の記憶はなんだろうか。

私は蒲団に横になっていた。天井には黄色い光が揺れて交差している。私は充ち足りた気分で、何をしたいということもなく横になっている。私の内側の力と、外側からやってくる空気や光とが均衡し、過もなく不足もなく、なんとも心地よい。私は眠っているのでもなく、ただそこに在る。街の騒音がひっきりなしに届いていたはずなのだが、静かな時間が私のまわりには満ちている。

もしかすると、後年になって再構成した記憶なのかもしれない。たぶんそうなのだろう。その感覚が私の細胞の中に残っていて、私はそのことを考えるたび気持ちが充足するのである。

その記憶が確かなのだとしたら、私は宇都宮駅前の小さな家に寝かされていたのである。父は表の通りに面した工場で、モーターの再生の仕事をしていた。東京の闇市で空襲により焼けたモーターを買い、満員列車に乗って担いできて、銅線を巻いて再生した。それは町工場や農家の揚水脱穀の動力となり、戦後日本の復興のささやかな原動力となったのである。母は父の工場の一画にオガ屑をいれて氷室をつくり、氷屋をやっていた。私は昭和二十二年の生まれだから、昭和二十三年か二十四年の頃の話である。

私が三歳の時、父と母とは一念発起して宇都宮市郊外に六十坪の土地を求め、ささやかな家を建てた。今日では考えられないほどに本当にささやかな家で、なにしろ部屋は六畳一間しかなかったのだ。昭和二十五年頃には世間は多少落ち着いてきて、大企業のモーター生産なども再開され、父の怪し気なモーター再生業も立ちゆかなくなっていたのである。父は停年まで勤めることとなった小さな電気工事会社に就職し、母は郊外に建てた自宅でこれも小さな食料品店をはじめた。

「卵洗い」はこの家と時代とが舞台である。畳の敷いてある家は六畳しかなかったが、店も同じくらいの広さがあった。壁を塗る金がないので、店にはベニヤ板を張り、居室のほうは新聞紙を貼って間に合わせた。私たちの家族がようやく持つことのできた家であった。時代全体が貧しいので、家の粗末さなどは誰も気にしなかった。

新興住宅地でほかに店も少なかったため、母の食料品店は繁昌した。当時の店は近所の主婦たちのおしゃべりの場所にもなり、幼い私はほうっておかれて夕食ももらえず、よく母や客から見える位置に立ち泣きだして空腹を訴えたりした。

母の店は食料品を主体に日常生活に必要なものはできるかぎり置いてあったのだが、主力商品は父の電気工事会社から仕入れてくる電球と、父が生家近くの農家から自転車で仕入れてくる卵であった。他に個人商店はないわけではなかったのだが、母は自分の店に特色をだしたかったのだ。母の稼ぎが父の月給を上まわることもあったようだ。

私は父の自転車に乗せてもらい、農村に卵を仕入れにいくのについていった。りんご箱に籾殻を敷き、卵をならべ、また籾殻をいれる。それを何層にも敷いたりんご箱を、父は三箱ほども自転車の荷台に重ねて運んだものだ。母はりんご箱を店の前に置くと、ていねいな手つきで籾殻の中から卵をとりだした。私も籾殻をのけるのを手伝う。タイルのように敷きつめてある卵が見える。取り出して掌にのせた卵は、幼い私には持ち重りがするのだった。無精卵なのだろうが、命そのもののようにも見えたものである。

あちらこちらにまだ戦争の傷が深く残り、戦争未亡人などもまわりにいた時代、懸命に働く父と母とがそばにいることは、私には幸福だったのである。

寝る間も惜しむような働き者であった父や母があの時代をつくったのだと、今、私は思うのである。国家に強制的に狩り出されて戦場に送られるのではなく、こうして働くことすべてが自分や家族の幸福につながる。その時代に生まれた私は、父や母を未来へと導く希望だったはずだ。

勤勉で、愚直で、平凡である。私の父や母や、すべての人の父や母や兄弟姉妹やその人自身が、この国をつくっていったのである。そのことを、私は今考えるのだ。そう考えることに意味があると思っている。

卵を売っていた六畳一間の家で、私は生きて育ち、旅立っていった。今は老いた母が一人暮らしをしているのである。連作「卵洗い」が単行本になって間もなく、父が病いに倒れて帰らぬ人となり、そして、私は坪田譲治賞を受賞した。まったく私的なことなのであるが、私は父に感謝しつつその賞金で父の墓をこしらえたのであった。

2007.1

幸福だった日

正月になると、父と母と過ごした子供の頃を思い出す。私の両親は旧満州からの引揚げ者で、戦中と戦後とを時代とともに生きてきたといえる。父が無事に故郷に復員してきて、宇都宮空襲を生きのびた母と再会をはたし小さな家庭をこしらえた時、働いたことが全部自分のものになるという当たり前の喜びを、深く感じたに違いない。そして、前途の希望としてまず生まれた子供が私だったのである。

私が子供の頃、父は小さな電気工事会社に勤め、母は宇都宮のはずれで小さな食料品店をやっていた。そこは父と母とがやっと建てた家で、座敷は六畳一間しかなかったが、同じ広さの店が表通りに面してつくられていたのだった。

他に食べものを売る店もないので、母の店は一年中繁昌していた。ことに年末は正月用品を売るので忙しかった。パン屋もやっていたためクリスマスケーキからはじまり、おせち料理用の昆布や寒天や黒豆や飴などが毎日仕入れ先から届けられ、いつもは母と店先でのんびりおしゃべりをしている近所の主婦たちが、顔色を変えて買いにきた。これらの客は夜遅くまでやってきて、母は客が去ってからおせち料理の仕度などにかかるのだった。もちろん弟や私は放っておかれた。夕食を食べさせてもらえず、店に向かった敷居の上に立って客たちをうらめしく見ながら、空腹のあまり私は弟とならんで泣きだしたことを覚えている。

「あら、お宅のお子さん、二人いっしょに泣いてる」

客の誰かがいい、母がこちらを向いて他人事のようにいう。

「おや、恥ずかしい」

母は弟と私のそれぞれの手に、売れ残った菓子パンなどを持たせてくれた。それを食べて弟と私は大人たちがその日の仕事を終らせ、夕食にしてくれるまで、なんとか我慢することができたのであった。

父も会社からなかなか帰ってこなかった。自転車を店の中に仕舞う音がすると、私は安心した。大人たちは年末はどうしてあんなに忙しかったのだろう。

そのかわり、正月はのんびりした。元旦こそ一年中で一番よい日であった。母が雑煮をつくってくれる。父は宇都宮の人だったので、元旦には野菜がたくさんはいった醤油味の雑煮がでた。二日は母の祖父が兵庫県の出身なので、昆布を鍋底に敷いて餅をゆで味噌仕立ての雑煮がでた。

元旦にでる母のおせち料理は、店で売っているものが多かったが、煮しめや水羊羹などをいつの間にかつくっていた。ふだんと違う御馳走が嬉しかった。

よそ行きの服を着た私と弟とは、父と母の前にかしこまって正座をしている。

「新年おめでとう」

父が改まった様子でいい、私と弟は同時に頭を下げる。掌を前に突き出しそうになるのだが、こらえている。

「新年おめでとうございます」

弟と私とが声を揃えて頭を下げると、父は小さな紙袋に入ったお年玉をそれぞれに渡してくれる。これが子供たちの最大の楽しみであった。

元旦は父と母とが少々屠蘇を飲み、子供たちも思う存分おせち料理を食べると、宇都宮の繁華街にバスで出かけていった。二日以降は親戚が年賀まわりにくるからである。

街の中心の小高い丘には二荒山《ふたらさん》神社があり、人がごった返す中で列をつくって初詣でをした後、映画を観る。小さなうちはよかったが、何を観るかで、弟と私はいつももめた。結局は父と母とが別れて付き添ってくれ、弟と私の主張はどちらもかなえられることになる。映画館の中も人でごった返していて、たいてい立って観ることになった。

映画が終るとデパートの売り場で待ち合わせをし、そのままデパートの食堂にいった。母は大体着物を着て、父もふだん着ない背広を着ていた。夏休みにも一度映画と食事に家族でいったのだが、これらの日が子供たちには最大の楽しみであった。注文するのは、さんざん迷ったあげくに、たいていオムライスであった。

あれから五十年ほどもたった。父はとうに鬼籍にはいり、今母は病床にある。枕元に立ってもこちらを識別できなくなった母を見舞うたび、私は父と母が生きた満州の小説にそろそろ着手せねばならないなと思うのだ。私には最後の長大な作品になるだろう。

父と母には、いやその時代を生きたすべての人には、先の見えない暗い時代であった。父はごく普通のサラリーマンだったのだが、徴兵されて日本軍の兵隊になり、上官にはさんざん殴られて人間性をなくし、よくわからないまま酸鼻の戦場に駆り出されていく。多くの死を目撃し、自らも死線をさまよい、ソ連軍に武装解除される。シベリアに抑留される途中、脱走してくるのだ。どうにかこうにか故郷の母のもとまで逃げてきた。そんな父母の物語を書き上げたい。

自分自身の黄金時代へ

2003.10

誰でも子供の時というのは黄金時代なのである。その時には何も感じないような平凡な出来事でも、時をへてみると、いつしか黄金に変わっている。ふだんは気がついていなくても、あの時にへと想いを馳《は》せれば、そこいら中、黄金でないものはない。

子供の頃の雑誌かなにかの教材で、点がばらばらに投げ出されていて、その点に番号が打ってある。その番号順に点を結んでいけば、ライオンやゾウの姿が浮かんでくる。これは数字を学習するための教材なのであるが、私は幼い頃の記憶もこれに似ていると思う。散らばった点は無数にあり、星のように光っているものも、燃え尽きて消え入ろうとするものもあるのだが、点と点とを結んでいくと記憶がありありと甦《よみがえ》ってくる。消えそうな点も、もう一度輝き出すのである。

そうやって現われてくるものは、結んでいく点の順番によって、どのようにでも変わっていく。毎月一本本書（『昔はみんな子供だった』祥伝社）に寄せた文章を書きながら、私は子供の頃の記憶がまるで生命があるもののように生き生きと亡失の彼方《かなた》から甦ってくるのを感じることができた。なんと劇的であったか。

最初の一点について書きはじめると、ペンの先はひとりでに動いていき、あれもあったなこれもあったなと脳が動きはじめる。まるで記憶自身に生命があり、輝きながら蘇生してくるようであった。

昔はみんな子供だったのである。誰もが記憶の中に黄金を埋蔵させている。問題はそれを掘り起こすかどうかであって、掘ろうという意志を持ったとたん、地下鉱脈を掘りあてたかのように黄金はあふれ出してくる。

昭和二十二年生まれの私は、昭和二十年代と三十年代に子供として過ごした。昔の写真を見ると、膝の突き出したズボンをはき、継ぎ当てだらけのシャツを着て、素足にズック靴をはいている。ズック靴の先端は破れて、足の親指が突き出していたりする。それら身につけているものはすべて、親戚の子からのお下がりであった。私の着ているものは、弟へのお下がりとなる。

絵に描いたような貧乏であるが、毎日毎日があんなに楽しかったのは、単に子供だったからだろうかと私は考える。戦争世代の親は青春時代を戦争の中に送り、戦後働けば働いた分は全部自分のものになるという自由な時代を迎えたのである。背中をすっかり無防備に見せながら、親たちは一生懸命に生きていた。何より親が元気だったから、子供も元気だったのである。それはすぐ私たちの今日に跳ね返ってきて、あんなに元気だった子供が、どうしてこんなしょぼくれた大人になってしまったのかという問いになる。

あと何年生きるのかはわからないが、残された歳月をせめて元気に生きようではないか。それには子供だった黄金時代を振り返ってみるのもよいのではないかと思い、私は本書を書いたのである。私は子供だった自分自身から元気をもらった。そのことだけはいっておきたい。

2004.11

柱の汚れ

私の最初の図書館は、祖父の膝の上だった。私はそこでたくさんの本を読んでもらったのであった。

母の弟、つまり私の叔父の家にいくと、仏壇の下の床柱に一カ所黒い染みがついている。祖父の髪油の跡なのである。祖父が亡くなって四十五年以上もたつのに、祖父の生身の痕跡が残っているのが不思議だ。

私は祖父の長女の子で、初孫である。戦後間もなくに生を受けた私は、いわば物のない時代に育った。本がないかわりに知識欲が強く、新聞なども隅から隅までむさぼるように読んだ時代だったのだろう。

私の故郷の宇都宮は空襲で街のほとんどが焼失し、母の生家も灰になった。戦争をどうにか生きのびた両親のもとで、私は生まれたのである。

私が幼い頃、祖父は近所にあった製紙工場に勤めていた。私は母や祖母に手を引かれて製紙工場にいき、働く祖父に向かって大声で叫んだ。

「ジンテー」

こう叫んだ声の感触が、私の喉のあたりに残っている。ジイジイとか呼ぼうとして、舌がまわらず、こう呼んだのであろう。私の声を聞いた祖父はにこにこして、塀のところにやってきた。そして、私に本を渡してくれた。古紙を原料とする製紙工場で、祖父はよさそうな本を抜き取っておいてくれたのだ。工場の他の人も、わずかなことであるので、見て見ぬふりをしていたのだろう。

私はもらった本を大切に脇に抱え、祖父の家に持って帰る。祖父は他の本も持ってきてくれた。祖父は柱にもたれかかってあぐらをかき、脚の中に私を坐らせて、私の顔の前に開いた本を読んでくれた。祖父の声が頭の上から降ってくる。

今から見れば粗悪な紙に、粗末な印刷をした絵本だったのだろう。だがもちろん、そんなことは問題ではない。本を読むというその行為が、今からは貴く思われる。読んでもらうほうも、読み聞かせるほうも、幸福な時間を共有したに違いない。

「父親の頭の跡だから、雑巾じゃ拭けないよ」

先日家にいった時、叔父は柱の汚れを見ながらこういった。

ごはんを炊く

2006 冬

電気釜が家庭にはいってきたのは、テレビよりも早かったろうか。そのことを思い出そうとするのだが、はっきりとした記憶がない。テレビは家族団欒のかたちを一変させた。家族の中心に、一家の主人のような顔をしていきなりどーんと坐ったのである。

電気釜は台所を変えた。母の仕事は、革命的に変わった。そのことはわかるのだが、子供だった私には、テレビほどドラマティックには伝わってこない。

いずれも私が小学校高学年の頃のことである。父は電気工事会社に勤め、母は食料品店をやっていた。小さな個人経営の食料品店だったが、手伝ってくれる人がいるはずもなく、母はいつも忙しかった。そのため父は早くから電気製品をそろえた。電気冷蔵庫がきたのも、近所で一番早かった。母の店の中央部に、白いぴかぴかの冷蔵庫が置かれた時のことは、晴れがましい気分とともに覚えている。冷蔵庫は家庭用としても使いはしたが、店で売る牛乳を冷やすためのものでもあった。ドアを開けると、中に電灯がともって涼しい風が吹いてくる。その感覚が新鮮で、私は冷蔵庫の中に牛乳瓶をならべる仕事を、すすんでやったりした。

電気釜がくる前は、木炭を燃料とした釜でごはんを炊いていた。途中火や釜の具合をしょっちゅう確かめねばならず、店に客が来てしまって身動きできなくなった母に、私は釜の様子を見てくるようにと頼まれたものだ。その際、釜の蓋は絶対にとってはいけないとされた。親が死んでも蓋とるな。昔から伝わる格言を、私は教えてもらったりした。

「まだ、静かだよ」

私が報告すると、母は店で安心したような顔をする。

「ぶくぶくいいはじめたよ」

「蓋が持ち上がるほどかい」

「湯気がちょっと出ているくらいだよ」

「蓋が持ち上がり始めたら教えてね」

母にこんなふうにいわれ、役目を与えられた私は嬉しくて、台所に戻って釜の前にしゃがむ。釜はまるで生きてでもいるかのようにほんの少し動きだし、しだいにたくさんの湯気を噴き上げていく。まだだと自分にいい聞かせ、私は釜の前にいる。やがて蓋が持ち上がり、湯気の固まりが噴き出す。私は急いで母のところに行く。

「お釜がうなっているよ」

「どんなふうにだい」

「釜の下から湯気がいっぱい出ている」

「そうかい。もうちょっとしたら見に行くからね。絶対に触ったら駄目だからね」

母はあわてる様子もなく、客の注文を受けパンを切ってジャムを塗ったり、菓子を袋に詰めて秤の上に置いたりしている。母はごはんの炊ける具合が、大体わかっているのだ。私は母が早くきてくれないかと、台所と店の間をうろうろする。

ようやく台所にやってきた母が、布巾を両側から当てて釜を持ち上げコンロからおろす。暴れそうになっていた釜は、床の鍋敷きの上に置かれると、見る見る静かになっていくのだ。

「このままにしとくんだよ。近くに寄っちゃいけないよ」

母は強く言い残し、店に戻っていく。やがて食事となり、母が蓋を持ち上げると、湯気がたくさん立ち昇って、中では輝くばかりの真っ白いごはんが炊けているのだった。

II

青春時代

線路のある高校

2007.5

我が母校、宇都宮高校は男子校である。バンカラの気風が強く、高下駄をはいて登校した。高下駄は歩きにくいので、普段は普通の下駄をはいた。学生服を着て下駄をはいた男子の姿を見れば、宇都宮高校の学生であることはまず間違いなかった。バンカラとは、不潔で、痩せ我慢をすることである。真冬でも素足に下駄をはき、足の指にひびやあかぎれをつくっていた。腰のベルトから手拭いをぶらさげて歩いた。そんなことで粋がっていたのである。

教室の掃除はいいかげんで、授業が終ると私は窓から下駄を持って跳び出し、弓道場へと走った。私は弓道部にはいっていた。弓道場では床をていねいに雑巾がけし、乾拭きで仕上げた。床はいつもぴかぴかで、顔が映るほどであった。これは大袈裟にいっているのではない。弓を引く姿が、水面に映るように板の床に映ったのだ。勉強をする校舎でのバンカラぶりとは、対照的であった。

男子校とはつまり、女子がいないということだ。妄想はいくらでも持ったが、身近に女子がいないので、本心は淋しいのである。同時に勉学にとっては余分ともいえるエネルギーを使わないですんだ。

宇都宮高校は旧制中学の流れをくむ古い高校で、敷地も広かった。なにしろ校庭の真ん中を鉄道が通っていたのだ。今はしっかりと土手がつくられているが、当時の土手は低くて、校庭から草の中の道を歩いて線路を渡り、第二グラウンドにいくという感じであったのだ。

その鉄道は当時の国鉄日光線で、近くに鶴田というローカル駅があり、臨時列車がポイントの切り換えのためよく止められていた。線路を横切って第二グラウンドにいく時、その列車に邪魔されたのである。

そんな時は迂回していくか、列車の中を通り抜けていくかである。当時の列車は手動ドアだったので、たとえ列車が動き出したとしても、跳び降りればよかった。

列車の中にはいると、女子高生ばかりのことがあった。そんな時には尻尾を巻いて逃げ帰ることが多かったが、級友で蛮勇をふるったものがいて、車内で挨拶をはじめたのだ。

「ようこそ、宇都宮高校へ。右を見ても、左を見ても、宇都宮高校のグラウンドです。つまり、この場所は宇都宮高校ということなのです。これから日光にいかれるのでしょうが、どうか宇都宮高校の敷地の中を通っていったことを忘れないでいただきたい……」

たわいもない挨拶を大声でして、お菓子をもらってきた級友がいた。それからは何人かが同じことを試み、成功したり相手にされなかったりした。私はどうしても蛮勇をふるうことができず、せいぜいが車内を通り抜けていくくらいであった。私は気の弱い硬派の学生だったのだ。

弓道部では初段をとり、日光の中禅寺湖畔にある二荒山神社中宮祠《ふたらさんじんじゃちゅうぐうし》の扇の的弓道大会に出場したりした。日光と赤城の神が戦い、豪弓を射った日光の神が勝利をおさめたという古い伝説がある。また源平合戦で郷土の那須与一《なすのよいち》が沖に浮かべた小舟に立てた棹の上の扇を射ち抜いたという故事にもとづき、その両者が合わさって、中禅寺湖沖の小舟の棹の扇を射る。もちろん舟に女官がいるわけではない。会場の中禅寺湖までは遅れるといけないのでバスでいったが、帰りは時間の制約もないので、弓を担いで高下駄でいろは坂を歩いて帰った。もちろん遠くの的には誰も命中できなかった。

弓道部は一年生の終り頃に辞めた。自分の中にどうしても才能を認められなかったからだ。私は写真部にはいった。市内のデパートのバーゲンコーナーや、観光地の日光東照宮にいき、人が夢中の表情をしたスナップを撮るのを得意とした。撮影したフィルムは自分で現像し、自分で印画紙に焼いた。私は写真部の部長になり、宇都宮市や栃木県の芸術祭に出品して何度も賞をとった。私はカメラマンになりたいと夢見るようになった。

その頃、私は校内の図書館にいっては、小説をよく読んだ。夏目漱石、森鷗外、島崎藤村、ドストエフスキー、バルザック、カフカ等々、内外の古典を書架から手当たりしだいにつかみ、なんとなく読んでいた。なんとなく心ひかれるものを感じていたからだ。このなんとなくという感じが、大切なのである。これを読んだから、教養がついたり、友人との話題が豊富になったり、現代国語の力がついたりという、はっきりした目的意識に基づいているのではない。読書というものは、自然と血や肉になっていくもので、すぐに何かの効果があるということではない。

そうではあるのだが、いつしか人生の豊かな素養になっている。弓道部や写真部にはいったりというように現実的かつ具体的な目的のためではなく、なんとなく読みつづけるということが大切なのだ。結局私はカメラマンになるという夢は果たせなかったが、読みつづけてきた本が、まったく別の道に導いてくれたのである。

2001.1

カメラマンの夢、親に反対され…

十七歳の頃、私は栃木県立宇都宮高校の二年生であった。下駄をはき、歩いて登校していた。男子校で、質実剛健が校風であった。古風な雰囲気が、私は嫌いではなかった。

自分にとって社会は、あまりにも漠然としていた。高校は受験校で、私の成績はかんばしくはなかった。数学がからきし駄目だったから、受験科目に数学のない私立文系を選び、できたら早稲田大学に入りたいと思っていた。しかし、何をやったらいいかわからなかったので、学部までは決めていなかった。

不安はあった。私は自分がなにものであるか、何をしたいのか、一向にわからなかった。未来に対して自分がどうあるべきか、まったく考えてもいなかったのである。体ばかりは元気になり、性的欲望もふくらんできた。だがそれを発散する方法も知らなかった。まわりは男ばかりで、同年代の女子高生とは口をきく機会さえなかった。

性的欲求が内側から噴き上げてきて、苦しかった。だがそんなものだろうと思っていて、それ以上どうするというものでもなかった。週刊誌の『平凡パンチ』のヌードグラビアをひそかに回し読みするくらいで、自慰をしたわけでもない。十七歳頃はこんなものだろうと思っていたのだ。

一方、私には進路と関係のない方へ夢がどんどんふくらんでいった。当時私は写真部に入り、撮影しては、暗室作業に凝っていた。全紙に焼き付けパネルに張った作品を、地方の芸術祭に出品した。私の作品が何点も入賞し、私は写真部の部長に選ばれた。

サラリーマンの父が、無理をして当時高価だった一眼レフのカメラを買ってくれた。シャッター音が素晴らしかった。変換レンズも一二五ミリの望遠を一本持っていて、デパートの特売場やら日光の観光地やらに、私は日曜日ともなれば撮影に出かけた。一年生の時には弓道部と写真部とに入っていたのだが、弓道部は初段を取ったところでやめた。写真が私にとって自己実現の道かと思えてきた。

カメラマンになろう。そう思った。両親は私を大学にやるため一生懸命働いているのがわかっていたから、それは裏切れない。そこで日本大学芸術学部写真学科か、私が受験する年から四年制になった写真大学をめざそうと思ったのである。

私は親に向かって将来の夢を語る手紙を書いた。そんなことをしたのは、後にも先にもその時かぎりである。

「手紙読んだよ。今晩ゆっくり話そうか」

朝、顔を合わせるなりこういった父の寂しそうな表情を、私は忘れることができない。父は私の漠然とした夢の道に、明らかに反対であった。私は動揺した。

その晩、私は両親と向かい合った。四歳下の弟は、深刻な雰囲気を感じてどこかに行ってしまった。

「おれは反対だ」

「お母ちゃんも反対だよ」

両親ははっきりといった。正面から私に向き合ってくるのは、初めてだった。迫力があった。要するに親の言い分は、カメラマンなどとそんなヤクザな道を歩まないで、経済学部とかまっとうなところに行ってくれというのであった。カメラマンには決められた道はない。そんな危険を冒さず、会社にでも就職できる平凡な道を行ってくれというのが、親の願いだった。

私は反発しなかった。父は旧満州で会社勤めをしている時に徴兵され、辛酸をなめて命からがら引き揚げてきた。空襲で焼けたモーターを再生する仕事を宇都宮駅前で始め、母は父の作業場の片隅に氷室をつくり病院や食堂に配達する氷屋をやった。懸命に働いてきた両親の後ろ姿を見て、私は育ってきたのだ。

世の中が多少落ち着くと、父は小さな電気工事会社に勤め、母は郊外に小さな小さな食料品店を開いた。戦後生まれた私は、両親の希望の星であったろう。そんな親の暮らしを、形ばかりでなく心の中まで見ていたのだから、私は親を悲しませたくなかった。

写真を勉強するのに、専門の大学に行かなければならないということはない。カメラマンになろうという希望は捨てないが、親の喜ぶ早大に行こうというのが、その時の私の結論だった。私はそのとおりにした。違ったのは、順序の決まったまっとうな道を行ったのではなくて、もっとあやふやな文学の道を行くようになったことだ。大学に行ってから写真部に入り、新聞会のカメラマンもやったのだが、写真はフィルムや印画紙やと金がかかる。そこにいくと小説は紙とエンピツがあればよく、元手はいらない。本当は人生の元手というやつが必要なのではあるが……。

親の期待と悲しみの深さを知っていた私は、本当は自分の筋を曲げたわけではなかったが、いい子になって表面上は自分を殺した。まわりを悲しませてまで、自分の我を押し通そうとは思わなかったのだ。当時、親と子とのコミュニケーションがうまくいっていたのだ。親はすべてを子どもにさらして見せてくれていたように思う。

受験合否の電話

2008.6

電話といわれて真っ先に思い出すことがある。母にかけた大学受験合否の電話である。私は受験に対して自信がなかった。特に数学がからきし駄目で、化学記号などを使う化学なども苦手であった。そのかわりに国語や社会には興味があり、成績もまあまあであった。国立大学を受ければ、たとえ文科系であっても、どうしても数学ははずせない。一科目にすぎない数学にかける労力のことを考えると、なるべくならそこを避けて通っていきたい。今はどうなっているかわからないのだが、私立の文科に絞るならば、受験科目は英国社の三科目ですむ。この三科目の中で、国語はともかく、社会は地理や歴史や倫理などがあって、その中で得意なものを選べばよい。つまり、もともとない学力を三科目に集中しようというのが受験の作戦で、私は私立の文科を狙ったのだ。

まあ情けない選択といえばそのとおりだ。私は受験などという面倒きわまりないことを早く通り抜け、自由な天地で好きなことをしたかったのだ。その好きなこととは何なのかまだよくわからなかったが、家を出て東京にいき、まだどこかわからないにせよ大学にいけば、見つかるように思っていた。

受験はなんとしてでも通り抜けねばならない関門だ。私は自分の性格として、なんとなく早稲田大学が合っていると思っていた。最終的には早大にいくのが希望であるにせよ、他の大学を受けないというほど自信はない。

今考えると相当強気だったが、早稲田大学と慶應大学と上智大学を受けることにした。まだ何をやりたいかまったくわからなかったので、経済学部から文学部まで片っ端から受験を申し込んだ。

最初の受験は上智大学文学部新聞学科であった。ジャーナリストへのぼんやりとした憧れがあった。高校の友人たちと上野に旅館をとり、私は勇んで受験にいったのである。上智大学は四谷にあった。地下鉄は複雑で乗り間違えると危険だから、もっぱら地上を走る国鉄を使った。山手線で神田にいき、中央線に乗り換えて四谷で降りる。

キリスト教系の上智大学は洒落たキャンパスであった。私は前日に上智大学までいき、ルートを確認しておいた。当日、少し早めに教室にはいった。受験生はたくさんいて、女子が多かった。田舎の男子校にいた私は、こんなにたくさんの女子の中にはいったことがない。全員が見たこともないような美人に見え、しかもいいにおいがした。化粧のにおいとは違う、女子のにおいである。

テスト用紙の前で、私はどうも落ち着かなかった。あたりをきょろきょろ見回したわけではないが、テストに集中できなかったのだ。受験テストの出来が悪かったのは、私が一番よく知っていた。

その後慶應大学と早稲田大学を受け、発表が一番最初にあったのが上智大学である。宇都宮からは簡単に日帰りができるから、私は一人で発表を見にいった。

人込みの中で目をこらすのだが、私の受験番号が合格者発表の中にない。何度見てもないのである。私は家に電話をしなければならないのだが、期待して待っている家族のことを考えつつ、何台もの赤電話機の前を素通りした。とうとう上野までいき、ここで電話をしなければ宇都宮までいってしまうと思いを決め、テレフォンセンターにはいった。

電話には母が出た。コールが鳴るや、跳びつくように受話器を上げたのだった。

「母ちゃん、駄目だった……」

私がいうと少し間があり、母の声が染みてきた。

「帰っておいで」

これだけの会話であった。悲観した私がどこかにいってしまうと、母は思ったのだろう。もちろん私は東北本線に乗ってまっすぐ家に帰った。

涙出たオニオンスライス

2007.1

若き日の貧乏物語というのは、現在お前は何をしているのかという存在を問う声がたえず響いてきて、ほろ苦い思いになる。つまり、昔は純粋だったなあということである。

故郷の宇都宮から早稲田大学に入学するため上京した時、私は高校の先輩と四畳半の下宿に二人で住んだ。一人二・二五畳である。下宿では食事がでたが、盛り切り一杯の御飯《ごはん》と、おかずは朝は海苔《のり》が少々、夜はサバの味噌煮《みそに》などが一品ついた。味噌汁は水を足すだけで増やしていくので、少し遅くいくと具が何もはいっていない。

そんな食事でも、日曜日は下宿のおばさんが休みとなるので、近所の食堂にいく。私は上京してからはじめて一人で食堂にいった。小さな冒険のはじまりだ。ところが想定したよりも値段が高い。仕送りで暮らす予算があり、困ったなあと思って壁に貼《は》ってあるメニューを凝視し、安いのをみつけた。「オニオンスライス」であった。

それがどういうものか知らず、私は「オニオンス・ライス」と読んだのだ。たまねぎ御飯と勝手に解釈し、私はこれを頼んだ。やがて出てきた料理は、薄切りの生のたまねぎの上に花かつおがかかっているのだった。これをおかずに食事をする東京の人は、なんと貧しい暮らしをしているのかと、同情を禁じ得なかった。花かつおが人を小馬鹿にしたように揺れていた。

御飯がいつまでたっても出てこない。御飯はまだですかと女店員に聞けばよいのだが、私は自分の言葉が栃木弁で相当訛《なま》っていることを自覚しはじめていて、何かいおうとすると喉《のど》のあたりがむずむずして痒《かゆ》くなる。

私は「オニオン・スライス」を沈黙のうちに食べてきた。東京暮らしはつらいな。つらくて涙が出て、おなかがいっぱいにならないなと思ったしだいである。

それから私は下宿を何度か変わった。いつも貧乏で、深夜に食べるものがなくなって部屋の中を見回し、新聞紙はそもそも植物繊維だから食べられるはずだと思いつき、試みに煮たことがある。インキの油分をとるため何度も水で洗ったが、ほんのわずか食べて、やめた。とても食料になるものではないと、改めて思い知った。

これは学生時代のことだから、期間が過ぎれば終ることである。私が本当に貧乏で不安だったのは大学を卒業してからだ。

四年制の大学が終る時、人並みに就職試験を受け、合格した。誰でも知っている東京の一流出版社の編集者になることが内定したのだ。その頃私は小説を書きはじめていて、『早稲田文学』にようやく小説を一篇《いっぺん》発表した程度であったのだが、どうしてもこの道をいきたいと願った。貧乏生活をしなければならないのはわかっていた。しかし、魂に正直になることが人生には大切だと思ったのだ。

社内にも私の意思を受けとめてくれる人がいて、たいしてごたごたもせずに私は内定取り消しを受けることができた。会社に挨拶《あいさつ》にいったその足で、私は当時山谷と呼ばれていた寄せ場にいった。気持ちだけでは生活ができず、日雇いの肉体労働をして金を稼ぐためである。もちろん思い詰めているなどということはまったくなくて、身体が元気ならどこでも生きていけるという楽天的な明るい気分であった。大学の友人たちにも、私と同じような暮らしをしているものが何人もいたので、悲壮さはまったくなかったのだ。

山谷では、百円で酔う方法を教えてもらった。二十円を自動販売機にいれると、焼酎のお湯割りが盃《さかずき》に一杯でてくる。そばには一味唐辛子の小瓶が置いてあり、盃の中にたっぷりと振りかける。残りの金で焼き鳥を買って肴《さかな》にしながら、唐辛子入りの焼酎を勢いよく三杯飲む。飲み終ったら、そのあたりを全力疾走する。すると一気に酔いがまわってくる。あまり走り過ぎると気分が悪くなるので、そのバランスが大切であった。

その後私は結婚し、最初の年収の確定申告が十九万円だった。どうして申告したかといえば、原稿料は一割があらかじめ源泉徴収されて手元にはいる。その一割分、一万九千円が、私には実に重要だったのだ。

日雇いの仕事

2006 夏

十八歳から二十歳といえば、私は早稲田大学の学生であった。家庭教師のアルバイトもしたが、金がなくなると肉体労働をやった。私にとって寄せ場の山谷に出かけることは、旅にいくのと同じだった。

まず国鉄の南千住までいき、そこから山谷まで歩いていく。この道路を歩くことが、私には結界《けっかい》を越えるようなことであった。

山谷に着くと、ドヤと呼ばれる簡易宿泊所を探す。道路にはいくらでもならんでいるので、選ぶ基準は値段であった。今回は一週間の泊まりだと思えば、それほど安いところでなくてもいい。またどうせなら一番安いところにしよう。そんなことを思うままに考えるのである。

大体は安いところに泊まった。一泊九十円ほどであった。入口に銭湯の番台のような帳場があり、そこで泊まる日数分だけ前払いする。長期滞在者ならば、支払いも多少は待ってもらえるはずだが、短期滞在者だとそうもいかない。

ベッドは蚕棚の二段ベッドである。同室者は四人から六人で、風通しのよい上のベッドはたいてい埋まっていたりする。そこで下のベッドにはいるのだが、とりあえず横になると、冷んやりとした感触に包まれる。前に泊まった人の酒と汗のにおいが残っていたりする。だがそんなことを気にしてはいられない。

食事は外の食堂でとる。予算によって、どんな食堂でもあった。一杯飯屋から、屋台の寿司屋まである。とりあえず腹ごしらえして、ドヤの風呂にはいる。四畳半ほどのテレビ部屋があり、テレビを見たい人はそこにいけばよい。たいてい誰かが先にきているので、新参者にはチャンネル権はほとんどないといってもよい。

朝は六時頃に起きる。これからが勝負である。顔を洗い、歯研きをして、外に出る。定食屋が盛大に炊き出しのようなことをしている。炊きたての丼飯をもらい、タラコやキムチをおかずにかき込む。豆腐汁なども、注文すると丼に盛ってくれた。山谷の朝食は、これから仕事にでるぞという気概に満ちていて、うまいのであった。

明治通りの交差点を、泪橋《なみだばし》という。そこにはすでに男たちが大勢集まっている。ニッカボッカのズボンとジャンパーに、地下足袋をはいている者は、トビ職である。ふつうの作業衣は、なんでもやる雑役夫といったところだ。交差点のところに銀行があり。まだ早朝なのでシャッターが降りている。そこにならんで、手配師を待つ。

手配師は一種の権力者であった。彼の一存で、その日が上出来になるか不出来になるか決まった。手配師は何人もいて、マイクロバスでやってくる。仕事を待ってならんでいる男たちの前に立ち、これと思う人間の肩に手をかける。選ばれると、いそいそとマイクロバスに乗り込む。選ばれるほうが、なんらかのアプローチをすることは許されない。むしろ反感を買ってしまうからだ。

個人的な手配師もいる。群衆の中にまじって、自分の手下になりそうな者を見つけるのである。目と目が合うと、一瞬真剣な表情になって、こんなふうにいわれる。

「お前、俺のところにこい」

たとえば私はこうして選ばれるのだ。まわりは老人が多くまじっていたのだが、私は二十歳前後の若者である。しかも、私はがっちりとした体格をしていた。仕事にあぶれるということは、まずなかった。

にわかに親分になった男の後に、私はついていく。ドヤといってもアパートのようなところで、一部屋が借りてある。テレビなどもあって、なんとなくそれが自慢である。

「よし、いくか」

わざわざ部屋を見せるために遠回りしてから、親分はいう。私は親分にそれとなく素性を問われ、嘘はつかないが当たりさわりのない返答をして、南千住の駅まで歩いていく。電車に乗ると、通勤のために込み合っていて、日雇い労働者の姿をしている私たちはなんとなく避けられている雰囲気だ。山谷から外に出ると、いつもこんなふうである。寄せ場を故郷のようにして、コミュニティのようなものをつくる人の気持ちがよくわかる。世間の人とまじって現場への行き帰りをする時が、なんとなくいやである。

現場は世田谷区や杉並区で、住宅の土台掘りだったりする。大手の手配師はビル工事の現場などに連れていってくれ、労働者たちは技術があるわけではないので、後片付けをする。働きはじめると、すぐ十時の休憩になる。十二時には近くの食堂で腹ごしらえをし、三時になると道路のアスファルトの上に横になって休む。仕事がきついとは、私には思えなかった。四時半になると片付けはじめ、五時になると山谷に戻っていく。

2000.7

「永遠のチャンピオン——大場政夫」。

一人のボクサーが、私の心の中に住んでいる。元世界フライ級チャンピオン大場政夫である。昭和四十五年十月二十二日、東京両国の日大講堂で、二十一歳の大場政夫は世界タイトルマッチにはじめて挑戦した。対戦相手はタイのベルクレック・チャルバンチャイである。プロボクシング界では名門ジムの帝拳としては、高山一夫、小坂照男につづいて、世界戦は六度目の挑戦であった。これまですべて敗けていた。

私は大場より二つ年長である。当時、私は小説を書きたいという夢に浮かされ、決まった職業も持たず、大都会東京をさまよって山谷で日雇い仕事をして暮らしていた。身体から火のでるような肉体労働をし、山谷に帰り、酒屋の店先で疲れをとるため立飲みでコップ酒をひっかけた。ドヤ（簡易宿泊所）で風呂を浴び、夕食でもとろうと玄関に向かった時、玄関脇の四畳半のテレビ室から大声で応援する声が響いてきたのだ。気になってテレビを見た。映りの悪いかすれたようなブラウン管の中で、同世代の一人の若者が裸で戦っていた。立ち向かっている世界はあまりに大きく強固で、彼の肉体は痩せていてひ弱そうだった。彼は絶対に勝たねばならないと、その刹那私は思った。なぜなら、彼こそ私だったからだ。私は空腹なのも忘れて、世の中の片隅で生きる日焼けした男たちとともに大声で声援を送っていた。

チャンピオンは自信にみなぎり、自分自身がまだ何者かわかっていそうもない若者に対して容赦なく攻め立てた。無名のその若者は思いのほかに冷静で、猛々しく突進をくり返すチャンピオンはバッティングにより一点減点される始末である。若者のボクシングはヒット・アンド・アウェイ、足を使ってワンツー・ストレートを撃っては、すぐに引き足で距離をとるオーソドックスなものだった。若者の肉体は見かけよりも強靭で、思いのほか足も速く、四角形の狭いジャングルでチャンピオンを追い詰めていた。若者の身体はますます力にみなぎり、九ラウンドにはチャンピオンはダウン寸前になった。若者は力をゆるめず攻撃をつづけ、チャンピオンの背中には地獄の淵が見えかけていた。その淵に落ちればどんな現実が待っているのかと考えはじめた私の目には、チャンピオンは泣きながら戦っているように見えてきた。

テレビの中という遥か遠くにいるのだが、同じ時代のこの時に一人で世界を相手に戦っている大場政夫という名の若者は、この私なのだとますます思えてきた。充たされぬ飢えを抱えて生きてきた男が、もう少しで世界の扉を開けようとしていたのだ。俺は戦っているのだからお前もお前のリングで戦うのだと、大場は全身全霊で叫んでいた。あんなに重く堅固に見えていた世界の扉が、今開こうとしてぐらりと傾いているのだ。

大場は、渾身の右アッパーを放ち、顎を撃ち抜かれたチャンピオンはカンバスに沈んだ。十三ラウンドだった。チャンピオンはかろうじて立ち上がったのだが、手を抜くことなく敵を追い詰めていく大場は右ストレートを撃った。これで終ったかと誰もが思った。だがチャンピオンは一瞬でもチャンピオンでいたいのだと執念を燃やしたごとく、ダウンから立ち上がった。大場は懸命に新しい世界にでようとしていた。左右フックを飛ばし、十三ラウンド二分十六秒という時が刻まれた。

誇りとともに熱い国からきた男はただの男になり、新チャンピオン大場政夫は両手をあげ軽い鳥になってリングを飛びまわっていた。新しい時代が開かれたのだと、私は自分がたった今戦い終ったかのように興奮していた。私は晴れがましい思いでサンダルを突っかけ、夜の山谷の路地にでかけていったのだった。

五度目の防衛を果たした二十三日後の昭和四十八年一月二十五日午前十一時二十分頃、大場は愛車シボレー・コルベットを運転していた。東京都新宿区新小川町三丁目、首都高速五号線の下り線でオーバースピードのままコーナーにはいり、高さ約三十センチの中央分離帯を乗り越え、反対車線を走行中の大型トラックに激突、即死した。二十三歳だった。
大場政夫は私にとっては不敗の永遠のチャンピオンである。あれから何十年も後になるのだが、私は「スポーツグラフィック・ナンバー」の記事を書くため、当時早稲田にあった帝拳ジムを訪れた。大場政夫育ての親の長野ハルさんと本田明彦会長が取材に応じてくださった。練習風景がよく見える事務所の壁に、大場政夫の入会申込書が額にいれて飾ってあった。姓名、生年月日、住所、勤務先とともに、「選手希望」と若い気負いに充ちた字が書いてある。その四文字の中に、光を放ちながら駆けてきて駆け去った一人の人生が、すべて込められている。私も永久に「選手希望」なのだと、その時に思った。

2007 秋

はじめての原稿料

はじめてもらった原稿料は『魅惑』という美容関係の雑誌に書いた、竹富島の紀行文である。私が大学三年生の時だと思う。高校も大学も同じ先輩がその雑誌の編集部に就職し、旅ばかりしていた私に文章を書かせてくれ、写真も掲載してくれた。当時沖縄は日本に復帰する前で、アメリカ軍政下にあった。八重山の竹富島に旅行する人も珍しく、海岸で見た星の砂のことを書いた。

原稿料はいくらだったか忘れたが、私にとって満足する額だったという感覚が残っている。金額のことよりも、自分の書いた文章が活字になって雑誌のページを飾ることに、何よりも興奮した。その先輩はその後小学館に移り、『週刊ポスト』や『女性セブン』などを編集し、時々私に仕事をまわしてくれた。早稲田大学ではその先輩も私も文学サークル「文章表現研究会」に所属し、文学を志していたのだ。先輩は私に書く場所を与えてくれながら自分はジャーナリズムの方にいき、若くして死んだ。その先輩の名は山本進という。記憶されている人もあるかと思うので、あえて書いておくしだいである。

文学を志すといっても、実際にやっていることといえば、紙に字を書いているだけだ。このことにどんな価値があるのか、本人にもよくわからない。私にとってはまだ駆け出し以前のことである。

私はそれまで思いつくままに何編か短篇小説を書いていたが、発表するなど夢のまた夢であった。学生時代から私は時間があると旅をしていて、そのスタイルは今も変わらない。

復帰前の沖縄には、日本政府発行の身分証明書を持って何度も渡った。当時は一方でベトナム戦争が行われ、はじめは基地問題などに目を奪われていたのだったが、しだいに沖縄が本来の沖縄らしくしている民俗に興味がひかれるようになった。そのことは後に与那国島での砂糖キビ刈り援農隊参加などにつながっていく。

金があってもなくても旅をしていたから、旅先で旅費がなくなってしまう。身体が元気で、どこででも働けば生きていけるという自信があった。沖縄で旅費が尽き、砂糖キビ畑は慢性的に人手不足だから、いけば雇ってもらえると教えてくれた地元の人がいた。私は畑にいき、その畑のオーナーに働かせて欲しいと頼んだ。その人は困った顔をした。東京の大学生と沖縄の農民との回路が、うまく結べなかったのだと思う。相手の立場からすれば、使いたいのだが、東京の大学生といっても素性も知れないので危険だというところであろう。

断られた私は、人が自由に交通する場所、つまり歓楽街にいけば仕事はあると判断して出かけていった。ベトナム戦争の真っ最中だったから、前線のアメリカ兵たちが沖縄に帰休していたのである。

那覇の波之上は、地元ではナンミンと呼ばれ、いわゆる悪場所である。かつては辻《チージ》の遊郭があったところで、当時はアメリカ兵相手のナイトクラブがネオンをきらめかせ、さながらラスベガスの風情であった。ラスベガスにいったことがなかったのに、そう思ったのである。

那覇の中心街からきて、西武門《ニシンジョウ》の交番の道路ひとつ向こう側から波之上神宮までがナンミンといわれるところであった。ナンミンにはいって最初の角に、ビアホール清水港と看板を出している店があった。昼間、私はその店にはいっていって、仕事はありませんかと大声を上げたのだった。

「いいよー。今夜から働けますかー」

もっと大きな声が返ってきて、その晩から私は雇われることになったのだ。条件は一日一ドルで、勤務時間は夜の十一時から明け方までである。ホールのシートを四つ並べればベッドになり、いつも持っている自分の寝袋で眠る。食事はママがついでにつくってくれる。一日一ドルは当時三百六十円とはいえ安いと思われたが、公務員の新人の月給は三十ドルだといわれた。ビアホール清水港は、もぐりのナイトクラブだった。軍から正式の許可をもらったAサインバーは零時までの営業で、それ以後ホステスが客を連れてくるのである。MPや警察の摘発が恐く、私は見張りをしたり、バーテンやボーイをしたりした。

大学生が不思議の国に迷い込んだような体験がおもしろくて、私は東京の下宿に帰ると近所の文房具屋で原稿用紙を買い、一気に小説を書いた。それが「とほうにくれて」で、はじめての単行本収録の際に「途方にくれて」と改めた。書き上げてもどうしたらよいかわからず、その頃大学まわりの書店で目についた『早稲田文学』の編集室に持っていった。遠くの知らないところに捨ててきたような感じだった。それが有馬頼義編集長の目にとまった。一九七〇年二月号に掲載されたのが小説を発表したはじめである。原稿料は忘れもしない一枚二百円であった。百六十枚以上あったから三万二千円以上になり、大学を一年間留年する学費にした。あれから四十年近くたった今も、私は同じ原稿用紙を使っている。変わったことは、鉛筆が万年筆になったことぐらいだ。

勝つはずのない闘い

2007.3

何ができたというわけではなかったが、遠くに太陽が沈んでいくような感じがしていた。全共闘運動とは、一人一人の生き方を問う、文化運動であった。表面的な暴力ばかりがクローズアップされる傾向があるにせよ、運動の力学としてそうなったまでのことであって、世界観の対立が拡大していった結果にすぎない。

東大安田講堂を全共闘運動の天王山ととらえ、身を挺して立て籠った学生のうちには、大きくいって二種類あった。セクト（党派）に所属する学生と、ノンセクト（無党派）の学生である。セクトには社会主義革命へのビジョンがあった。ノンセクトには自分自身がどのように生きていったらよいかという未来に対する強い不安があり、あの時代に対する違和感はどちらにも共通するものであった。

全共闘運動のそもそもの出発点は、大学の自治であり、反戦であった。大学の自治の背景には、学問を外部の圧力によって歪《ゆが》めてはならないというアカデミズムの思想があったのだ。その意味でも、東大安田講堂は空虚な権威の大系としての学問ということも含めて、象徴的な場所であった。

守るべき東大の自治は、内部の力によって自ら壊れていき、大学自治など幻想であることがたちまちわかった。しかし、一人一人には自由がある。それが個人の自治である。全共闘運動は、基底としては個人の自治を守り抜こうとする闘いであったと私は思う。

産学協同という、全共闘とは対立する概念があった。現在なら当然のこととして使われるこの言葉に、当時の学生は激しく反発した。自分の学んでいる学問は、産業界に奉仕するものではないという、アカデミズムの思想から脱け出せていなかった。

社会は時代の岐路に立っていた。親たちの世代の起こした第二次大戦の酸鼻《さんび》の記憶が社会の根底にはまだあり、その一方でベトナム戦争が民族解放運動として闘われていた。どんな民族をも抑圧する列に加わりたくないというのが、反戦である。この思想を根底にして、ではどのような社会をめざそうというのかというところで、激しい対立が起こった。ベトナム戦争をしているアメリカの反戦運動、フランスの大学改革運動、日本の全共闘運動と、世界で同時多発的に若者たちが進むべき方向を示したのである。

自治とは、すべての人が自らの思想や才能によって自由に生きようとする、差別を越えた思想だ。そのような理想を含んでいたのだが、やむにやまれぬ表現方法だった暴力が攻撃され、くらべものにならない強大な暴力によってその思想は打ち砕かれた。

全共闘運動がほぼ壊滅した安田講堂以降、学生大衆は産業界に喜々としてはいっていき、日本は高度経済成長の道をひた走りに走り出す。最初から勝つはずのない闘いであったが、思想の叫びだけは残っている。安田講堂に最後まで残った学生たちの、その後の苛酷な人生を、しばしば私は考える。

2005.11

一生懸命の仕事

仕事をしないで生きられる人はいない。ほとんどの人が仕事を通して社会と関わっている。しかし、本当の自分の仕事と出会うことが困難なのである。

大学を卒業する時機になり私もまた、自分がどうやって生きていったらよいか、大いに悩んだものである。その時には、たいてい誰でも立ち止まるものだ。

大学三年生の頃から、私は小説を書いて生きていきたいと願うようになった。自分がそれを好きで、その対象に打ち込むと生きがいを感じられはしても、職業に結びつかないのが苦しいところである。悩みは、その場所に発生する。

いくら小説を書いても、作品として認められ、雑誌にでも掲載されなくては、金にならない。生活の糧を得ることはできない。いくらでも書きたくて、書くことは紙と鉛筆だけがあればよいので、元手もかからないのである。しかし、時間と労力は果てしなくかかる。その時間と労力の代価としての報酬がなければ、職業として成立はしない。もちろん書いたものに代価が生じなければ、そのことを専門にして生きていくことはできないのだ。

私自身、すぐ職業としての小説家になれるとはもちろん思わなかった。なんとかなりたいとは望んでいたのだが、そこまでいくためには多くの努力をしなければならないとは覚悟していた。だが、覚悟するということと、その世界の中にはいるとはまったく別のことなのである。

大学四年生にもなれば、まわりは就職のことで浮足立ってくる。そんなに悠長にかまえてはいられなくなる。大学では私はあまり成績がよくなかったので、大学の推薦を得ることはできなかった。そのため新聞の求人欄を見ては、就職試験を受けにいった。本当の願いは別のところにあったから、試験もどこか身がはいっていない。それでもいくつか受験すると、合格するところもあるのだ。

私は大手出版社といわれる会社に合格することができた。編集の仕事を職業として選ぶことになったのである。それは書くということの隣りにあった。つまり、書かせる仕事である。書くということと、書かせるということと、隣りにあるのかもしれないが、まったく違う。

世間的には大手出版社にはいれてめでたいということになるのだが、私は悩んでしまった。私は書きたいのである。常識としては、働きながら自分の時間にこつこつ努力して書いていけばいいことである。まわりの大人たちに相談すれば、まず就職して生活の基盤をつくってから書けばいいではないかといわれるのはわかっていた。

私は若かった。その時、私は自分の可能性を求め、やりたいことだけをやりたかったのだ。就職が内定していた出版社では、まだ大学に在籍していた間に研修を受け、会社にも通っていた。私がいうのもへんなことだが、大変に厳しい選考をへて合格したのである。三百倍くらいの倍率だった。会社からも期待がかかっているのはわかっているものの、私はといえばまったく別のことを考えていた。

大学卒業の期日が迫り、会社にはいることが現実的になった頃、私は決意した。やっぱり自分の夢に向かって歩いていこうと。

私は就職をしないということを、会社に話しにいったのである。その時の研修制度は、決められた編集長のもとにつき、編集長の指示で書店巡りをしたり、編集現場の雰囲気に親しむということであった。私がついたのは、少年漫画誌で名をなした名編集長である。育てていた新入社員予定者が、急に就職はやめたといってきた。かの編集長も困ったはずである。だが書くということに理解がある人で、ついにこういってくれたのだった。

「お前は馬鹿なやつだが、おもしろいところもある。書くなんてそんな簡単なことではない。お前が書いて暮らしていけるとはとうてい思えないから、腹が減ったら会社にこい。飯ぐらい御馳走《ごちそう》してやるぞ」

たちまち腹が減ったのだったが、別の道を歩きはじめた私はもちろん編集長のところにはいかなかった。だが編集長は私のことを忘れないでいてくれ、後年しばしば会うようになり、飯も酒も大いに御馳走になった。私が小説家として生活できるようになってからである。かの編集長が亡くなるまで、終生のつきあいがつづいた。

出版社にははいらず、大学も五年で卒業して、私は主に肉体労働をした。山谷の寄せ場にいき、日雇い仕事をしたのである。短時間で手っ取り早く金になるからだった。

だが、小説執筆が私の仕事になるまでは、まだまだ多くの時間が必要であった。決まった仕事はなかったが、私は恋愛をし、結婚をした。望んでいるような仕事がないということが、私には最大の悩みとなったのであった。

貧窮した私は、追いつめられて就職することを決心した。インドに放浪に近い旅行をしてから、故郷の宇都宮市役所に勤めることにしたのだ。

はじめて私が市からもらった辞令は、宇都宮市教育委員会総務課経理係というのだった。そこにいたいわけではなかったが、その時には子供ができていて、家族を保持していくには仕方のないことであった。

市役所の上司も同僚たちもみんなやさしくて、私にはよい職場であった。ここで生きていこうと決心しさえすれば、私はそうすることができたろう。しかし、私は思いを決めることはできなかった。五年九カ月間勤務し、退職した。

それからじきに原稿料収入だけで生活できるようになり、著述業が私の仕事になったのである。そうなってから、二十七年もの歳月がたち、私は今もこうしてペンを原稿用紙の上に走らせて生きているのだ。結局のところ、私はこのようにしか生きることができなかったのである。善いとか悪いとかいうことではない。ただその時その時を一生懸命にやってきただけなのである。

III

壮年になって

生きるヒント

2001.9

今年の夏、わが家では家族に関して、いろいろな変化があった。

昨年からなのだが、妻が大学の通信教育を学びはじめ、夏には十五日間のスクーリングがある。高校を卒業してから、いろいろな事情があって大学にいけなかった妻は、五十歳を過ぎてから向学心に目覚め、大学の通信教育課程を受講しはじめた。普段は家で独学をするのであるが、その勉強の内容がまた難しい。一人学習をするには、毎日こつこつと勉強しなければならないのである。すぐに行き詰まってしまい、私などよく質問されるものの、まともに答えられたためしがない。

通信教育といっても、卒業すれば学部をでたのとなんら変わらない。学生証を持っているので、映画は学割で見ることができる。私と映画を見にいくと、妻だけが学生割引なので、なんだかうらやましい。

スクーリングの期間は、学部の学生と同じように大学に通う。午前九時から午後四時まで、百分間授業がびっしりとある。今どきの学部の学生より、よほど真面目だと思う。多くの人が年齢はすでに若くはなく、休暇をとって地方からでてくるので、必死の思いで授業を受けるのである。若い時にできなかったことを、年齢が上がってからその思いを果たしているのだ。

我が家のことをいえば、どちらかといえばずっと家にいるほうだった妻が毎日学校に通い、旅ばかりしていつも外にでていた私が家にいる。時どきは洗濯をし、晩飯をつくって妻の帰りを待ちながら、私は日頃の妻の思いを味わったりしている。私は自分のこれまでの人生で珍しく、家庭の人となっているのである。

家にいると、原稿を書くことがはかどる。それが私には楽しいのである。結局のところ仕事をしているということなのだが、家で妻の帰りを待つ気分は悪くはない。

我が家では、去年と変わったことがひとつある。昨年は美大を卒業した娘が家にいて、よく食事をつくってくれた。ところが今年は、家にいない。夏休みになったばかりの頃、親元を離れて独立すると宣言したのである。親としては寂しいのだが、いつまでもそばに置いておこうとするのは親のわがままで、親としても子供に対して自立しなければならないのである。私は自分自身にも妻にもそういって、娘が一人暮らしをすることを了解した。

娘は近所のマンションに少しずつ荷物を運びはじめた。家の中が急にがらんとした。そう感じるのは私が自立していないからであって、私もどうにかこうにか新しい環境に慣れていかなければならないのである。

妻も娘もそばにいず、私が家に一人でいるのは近未来のシミュレーションのようである。子供は自立して去っていき、夫婦だけの暮らしになり、夫婦の片方が欠けていく。いやその前に、妻に捨てられないようにしなければならないのである。なんだか情けないことになってきたが、これがごく一般的な流れで、私も人並みの人生を送っているということなのである。人並みと確認して、なんだか安心するような気分もある。誰もがすなわち平凡ということなのだろう。

人間は五十歳を過ぎて、みんな同じようになる気がする。そこまでに因果というものが働き、離婚していればよいか悪いかはともかくその結果を受けとめなければならず、夫婦仲良くしていればまたそれなりの結果があるということだ。

人生というものは、先の原因が今の結果になり、因果の糸が無数に張りめぐらされていて、今のこの生活がある。過ぎたことは取り返すことはできないので、そのことが難しいのである。

私の四つ先輩で、夫婦仲が悪いというわけではないのだが、それぞれが自立して生きるために別居生活をしている人がいる。同じ編集プロダクションで働いていて、たとえばスズキさんと呼ばれると両者が同時に返事をする。それがおかしいと感じ、妻が別の会社をおこし、架空の名前をつくって同じ業界で仕事をしている。そんな生き方を評価することもできるし、批判することもできる。しかし、二人の夫婦仲は悪そうでもないし、それぞれの生きるスタイルがあるということだ。そんな生き方をする二人が平凡な人生を送っていないかというと、内実はそうとはいい切れない。

家族というのは、家族の数というより、人間の数だけの生き方があるということであろう。親にすすめられ、何不自由ない受験生の生活をして受かった志望校を、一カ月でやめてしまう人もいる。五十歳をうんと過ぎてから大学の通信教育を受け、老眼鏡をかけながら自分自身のために勉強する人もいる。だがこれから十年後になってみた時、どちらがよいといい切れないのがまた人生なのである。結局のところ、その時その時を一生懸命に生きていかねばならないということなのだ。それ以上の生きるヒントはない。

さて、そろそろ妻が帰ってくるから、食事の支度をしなければならない。冷凍庫の材料を見て、何をつくるか考えよう。

2003.6

今日の昼、女房が死んだ

先日の夕方電話をとると、故郷の友人の悲痛な声が私の耳に飛び込んできた。はじめは何をいっているのかよくわからなかったが、しだいに聞きとれるようになった。携帯電話の状態はよくなかったにせよ、そもそも話すほうの口が動揺のあまりよくまわらなかったのだ。

「今日の昼、女房が死んだ。肝臓癌だ……」

友人のいいたいのはこのことに尽きた。そばにいた別の友人が換わり、通夜や告別の日取りと場所が知らされた。

「気をつけて」

私は気落ちした様子のその友人に向かって、こういうしかなかった。友人はかつて私が勤めていた宇都宮市役所の同僚である。今は課長になっている。他の仲間とともに私が帰郷するのをいつも待ってくれていて、帰れば必ず集まって家族ぐるみで宴会をする。

最近は別の友人が郊外の山にトレーラーハウスの別荘をつくり、春は山菜、夏は梅、秋はきのこと、山の幸を楽しみつつ人生を語り合うのである。この仲間と会うために、私は定期的に故郷に帰る。

私が市役所に勤めていたのは、もう三十年も前のことで、五年九カ月勤務して辞めてからも、二十五年はたつ。文学というまったく別の道を歩みはじめ、今は東京に暮らしている私のことを、故郷の友人たちは忘れないでいてくれる。そして、私が帰郷するのを待っていてくれるのだ。

五月の連休には山菜採りが楽しいし、食べると美味なので、友の別荘にいくのが楽しみである。その山菜採りと、料理の先頭に立っていたのが、亡くなった雅子ちゃんだ。私の友人たちの女房たちも、何度も顔を合わせているうちに、親しい友となったのである。

今年の正月に私が帰省した時には、山のトレーラーハウスでは寒いという理由で、街の居酒屋に集まって新年会をした。それも雅子ちゃんが弱っているからという心づくしなのである。

雅子ちゃんはどうしてもこの会だけは出るといい、病身をおして病院をぬけだしてきた。だが病気が進行しているという様子は隠しようもなく、しかしまわりではわざとらしくいたわったりはせず、普通に楽しい時を過ごした。

娘がひそかに迎えにきていて、雅子ちゃんは少し早目に店を出た。会うのはこれが最後かもしれないなと私は思ったものだが、間もなく東京の私の家に快気祝いが送られてきた。私は内心では意外な気がしていた。しかし、快気したというのは喜ばしくないはずはない。

「よかったわね。退院したんですってね」

こういって私の妻は喜んだ。妻は病院で読む本などを送っていたので、それより少し前にも元気な字のはがきをもらっていた。

そして、間もなくこの訃報である。雅子ちゃんは最後の時を家で家族たちと過ごしたのだなと思うと、外部を拒んでいる親密な家族の光景が浮かんでくる。雅子ちゃんの子供は一女二男で、一番下の男の子が大学生である。子供たちも素直に育って、私たちの仲間のうちでは一番理想的な家族と思っていた。人生というのは、本当にわからないものである。どのような運命でも、受け入れなければならないということだ。

友人からの電話を受け、その場で生花を手配してもらうよう依頼をして、通夜と告別式の日時を聞いた。そして、私の予定表を見て、たちまち問題が生じた。通夜は私が発起人となった先輩作家の七回忌があり、私が挨拶をすることになっていた。他の先輩作家を集めておいて、私が顔をださないというわけにはいかないのである。

告別式の日は、私が現在執筆中の作品でどうしてもある映画監督のインタビューが必要で、彼が受けてくれるのを私はじっと待っていた。ようやく彼がその日を指定してくれ、これで作品がぐっと進む。そのインタビューと雅子ちゃんの告別式が、時間までぴったりと重なってしまった。一、二時間ならずらすことも可能かもしれないのだが、宇都宮なので必要なことをしてくるだけでも、どうしたって半日はかかる。

どうにも身動きがつかないのである。仕方なく別の友人に電話をして了解してもらい、電報を打った。

「一生懸命に生きてきましたね。雅子さんの笑顔はいつまでも忘れません。どうか安らかにお休みください」

電報を打つ間、私は清浄な気持ちになり、それからまたあわただしい日常生活の中にはいっていく。これから一人また一人と、身のまわりから親しい人が去っていくのだろう。そして、やがて私の番がくる。その時に、どんな気持ちでいることができるだろう。

しゃかりきに子育てに奔走できるのは幸福なこと

2001.10

故郷の宇都宮に残している母のことを、折りにふれて私は考える。父がいなくなって、そろそろ十年近くになる。母はその間ずっと一人暮らしをしてきたのである。母は七十八歳になった。

これ以上年をとり、母が自分で身のまわりのことができなくなったらどうしようかと、私は心配である。私は長男で、弟が母の近くに住んでいる。

私はさまよえる長男である。十八歳で大学にはいるため故郷をでて、七年後に故郷に帰ったときには妻子がいた。それから十年間ほど故郷の市役所に勤めたりして故郷に住み、その後上京して十八年が過ぎた。その間も、私は時間ができると旅ばかりしてきた。長い旅にでると母は昔は心配したが、もちろん今はなんとも思わないらしい。

昔気質《むかしかたぎ》の父と母は、できることなら長男の私はそばに暮らしてほしいと思っていたことであろう。私は十年間ほどは故郷の両親の近くに住んだのだが、それ以降は離れ、今では東京暮らしがずいぶん長くなってきた。

サラリーマンの人生を送ってきた父には、家業があるわけでもなく、長男であっても私には継ぐべき職業はない。それをよいことに、私は葛藤もなく好きな道を歩いてきたのである。そのために、時代の変化もあり、両親の世代とはずいぶんと価値観が違う。私たちの子供の世代になると、もっと変わってくるであろう。

このところに、家族の困難がある。その困難は、ますます拡大していくであろう。

母が身のまわりのことを自分でできなくなったら、まず故郷に残るのか、東京の私が引き取るのかという現実になるだろう。その地方の水を吸い、土の中に根を張る木のようにして生きてきた母が、その土地を離れて都会暮らしができるとも思えない。無理矢理連れてくれば、根っこを切ったと同じことになる。そんなふうにしては、人は生きられないのである。息子とすれば、母にやりたいように生きてもらうしかなく、そのためのサポートを可能なかぎりやるということであろう。

私はほぼ子育ての終った世代に属している。なんとかかんとか子供が自立してそれぞれの暮らしをはじめたら、今度は親の介護の問題が肩にのしかかってきた。親の役割をしていて、急に今度は子にならなければならないのである。

子供を育ててきりきり舞いをしていた自分を思い出し、子育て中の人に私はぜひいいたいことがある。子供が小さいうちはそれなりにめまぐるしく大変で、学校にいくようになったらなったで、学力のことや人間関係のことで苦労は多い。そうではあるのだが、たとえば二人の子供がいたとして、夫婦四人の家族がいっしょに暮らせる時間というのは、案外に短いのである。

おそらく二十年はない。人の一生が七十年から八十年として、そのうちのたった二十年である。本当に短いではないか。

だからこそ、その時間は貴重なのである。子供時代を第一次黄金期とするなら、場合によっては親がいっしょにいるとしてもその家族が全員で暮らせる時代を、第二次黄金期といってもよいであろう。自分の髪をとかすひまもなく、しゃかりきに子育てに奔走できるのは、幸福なことといわなければならないのである。

故郷の老いた母のことを思いながら、私は自分が子供だった時のことを考えていた。

2004.5

タマ——母親の威厳

これまで我が家には何匹の猫がやってきて、そして、去っていっただろうか。それはもう数えられないほどである。全部が野良出身で、拾ってきたものだ。すべての猫がある日突然我が家にやってきて、病死し、行方不明になり、交通事故死し、老衰で死んでいった。どれもがひっそりと去っていったのである。

二〇〇三年にはこんなことがあった。

その時点で我が家には雄のブーとチムと雌のナナがいた。どれもそれぞれのおいたちがある。たとえばブーは近所で野良をしていたのだが、すでに若くはなかった。発情期になるとあの変な声で鳴き、まわりの雌猫を餌食にする存在であった。

それで妻は避妊手術をほどこすために、ブーとすでに勝手に名づけてある雄猫をつかまえることにした。餌をやれば、決して見ている前では食べず、持っていけるものはどこかに持っていってひそかに食べる風であった。まずつかまえて携帯用のケースにいれなければならない。妻は手を血だらけにしてつかまえ、ケースにいれた。とりあえず避妊手術はしたものの、家の中にもはいってこようとしなかった。無理にいれると、家の中で小便をした。もて余し気味の猫であったのだが、今は私たちの膝の上で眠っている。歯のない老いた顔は、穏やかである。一匹一匹の猫が、こんな風な物語を持っている。

前の年の二〇〇二年十月三十一日、娘が可哀相で見ていられないといって、子猫を拾ってきた。痩せた小さな猫で、推定二・五から三カ月というところだ。バス通りにいて危くて見ていられなかったというのだが、親からほんの少し離れた隙だったのではないだろうか。きっと事情はあるには違いないにせよ、我が家にきてしまった以上、可愛がって育てるしかないのである。

一般に、新しくやってきた猫に対して、雄猫のほうが寛容なようである。雌猫は拒絶して、しばらく姿を見せなくなる。こちらは子猫が可愛いので、気持ちはどうしてもそちらにいってしまう。タマと名づけられた子猫は、我が家の中心にいた。糞尿のしつけもうまくいった。すべてのことに好奇心を持つ子猫は、どんな仕種をしても愛らしい。子猫は愛らしいから拾われるので、これも生きる上での重要な要素となる。もし最初から憎々しい外見の大人の猫だったら、誰も拾わないだろう。

私は早く避妊手術をしたほうがいいという意見だったのだが、妻はまだ小さいから可哀相だという。猫に対する愛情なら、旅がちの私などよりも、妻のほうが百倍も強い。前世は猫だったのではないかと思えるほどに、猫のやることはすべて許すのだ。

近所には猫おばさんグループというべきものがあり、どこに野良猫がいるからどこまでをお互いに世話する境界線にしようとか、どの動物病院の医者がすぐれているとかの情報を、町内の夜のスナックなどで交換しているのである。

人気の病院に避妊手術の予約をしようとしたら、予約はびっしりと詰まっていて、一カ月も待たされることになった。近所には欲望をみなぎらせた雄猫が徘徊しているから、こんなに可愛くていたいけない少女の猫を野放しにしておくのは危険きわまりないと、私は思っていた。

ある時妻が、タマの乳首がピンク色をしていることに気づいた。ナナとくらべても、明らかにピンク色が強い。あわてて病院に連れていき、超音波とレントゲンで検査をしてもらうと、まちがいなく子供が二匹おなかにはいっているということだ。レントゲン写真も見せてもらったので、明らかなことであった。これが六月のことだから、我が家にきて八カ月ちょっと、推定年齢でも一歳になるかならないかというところである。猫族が人間社会に溶け込みながらも、自尊心を失わずに生きのびてくることができたのは、この強力な繁殖力によることは明らかだ。

我が家にいる猫は、四匹であろうと六匹であろうとたいして変わらないというのが、妻の意見であった。猫に関するかぎり主権は妻が持っているにせよ、すでに四匹もいると、家の中は猫が走りまわっているといった風情である。これが六匹ともなると、私の居場所はどこにあるのだろう。しかし、一度芽生えた命である以上、堕胎をせよとは私にはいえない。

猫は胎内に子種が宿ってから、二カ月で生まれる。こう考えると、十月十日《とつきとおか》間子が母胎にはいっていて、生まれても一年ぐらいは自分で立つこともできない人間は、猫にくらべてはるかに生命力は弱いといわなければならない。

タマの出産予定は八月の第一週か第二週頃とされた。その間妻は、他の猫の眼を盗んでは、タマに特別に牛乳をやったりしていたようである。一歳にもならないタマなのに、見ようによっては母親の堂々たる風格と自信に満ちているようにも感じられた。

我が家の問題は、タマの出産予定日のちょうどその頃、妻が受講している大学通信教育のサマースクールにあたっていることだ。ほぼ二十日間、妻は朝通学していき、夕方帰宅する。仕事で旅行の多い私ではあるが、その間、なるべく家にいるようにしよう。それでも問題はある。猫に関するかぎり、妻はすべて自分でやらなければ気がすまない。もっというなら、私は信用されていないのである。

猫が六匹に増えるのは、我が家の住宅事情を考えるかぎり、いかにも多い。近所では十五匹飼っている人もいるということである。だからといって、狭い我が家で六匹を飼うことはきびしい。誰かが我が家にやってくると、猫臭い、正確にいうなら猫の小便臭いといわれるし、外出する私の着ているものは猫の毛だらけなのである。だがそんなことよりも、猫のもたらしてくれる限りない安息のほうが何倍いや何万倍の価値があると妻はいい、私も特に反対をしてはいない。

結局のところ、子猫のもらい手を探したほうが無難だろうということになった。友人たちに声をかけたところ、もらい手はすぐに見つかった。二匹だったから、ちょうどよかったのだろう。これが六匹だと少々困難で、もらい手のない残りの分を我が家で飼うということになる。

出産が近づいてきたことは、タマの態度でわかった。これまではいったことのない箪笥の裏側や下駄箱の中などを、タマはていねいに点検しはじめていた。私たちは新聞紙を底に敷いた段ボール箱や、携帯用のケースの蓋を開いて、さり気なくそのへんに置いた。タマは一歳になるかならないかながら、出産に向かって気持ちを集中しているようであった。

病院で産むという手段もあったのだが、普段いる環境の中で出産するのがよいと医者にはいわれていた。慣れない病院では神経質になり、うまく出産できない可能性もあるということだ。ましてて初産ならなおさらのことである。

二〇〇三年八月七日、スクーリングから帰った妻は、まずタマの姿を探して段ボール箱や携帯ケースの中をのぞき、簞笥の裏を確かめる。そして、そのへんにタマの姿を認め、ほっとする。タマは身体は小さいのに、おなかばかりが大きくなっていた。

ほぼ一時間おきにタマの姿を追っていた妻は、玄関のところに水が溜まっているのを見つけた。結局は破水の跡だったのである。その時はなんだろうと思って水の跡を追っていくと、わずかに血がまじりはじめ、それが携帯用のプラスチックのケースにつづいていた。

夜の八時である。ケースの中には堂々たる母親がいるように見えた。のぞきこんだ妻と私に一瞥をくれると、タマはネズミのように小さな赤ん坊をなめはじめた。たった今生まれたばかりで、たった今へその緒を喰い千切ったばかりなのだろう。タマはすでに人間などには関心がなさそうだった。威厳が漂っていた。

二匹目の子供は、午後十時に生まれた。妻と私とが顔を近づけると、タマは用心深そうな目を向ける。世界中のうちで、自分と子供以外の何者をも信用していないという目つきであった。子供たちはすでにタマの乳首にむしゃぶりつき、乳を吸っていたのだ。

くり返すが、たった一歳になるかならないかなのである。この短期間での変容は、母なるものの強さだとしかいいようがない。他の猫はタマの威厳に圧倒されたかのようにして、外にでていた。

それからタマの涙ぐましい子育てがはじまった。いつも子供に乳を吸われているためか、タマは不眠不休の様子でケースの中にいつづけた。母性というのは、こうして子供と一体になるところから形成されていくのだろう。それにひきかえ父親のほうは、自分の子供が生まれたことさえ知らないのである。妻と私とは父親はどの雄猫かということは、普段の行動と毛並とから見当はつけている。だが当の雄猫にとっては自分の欲望にまかせてなしたことに過ぎなくて、父親の自覚さえ持ちようがない。そうではあっても、全体から見れば、種の保存というシステムは健全に作動しているのである。

それから二カ月後、二匹の子供の乳離れがすんだ頃に、タマには悲しい別れが待ち受けていた。二匹がそれぞれの人にもらわれていったのである。二匹はハルミとチョコという名をもらい、別の場所で幸せに生きている。写真を送ってもらうので、わかるのである。

一方、突然子と引き剝がされた母親タマは、箪笥の裏やテレビの裏などをしばしばのぞきまわっている。子供を探しているのに違いない。

2007.6

四人の孫

いつの間にやらとしかいいようがないのだが、私には孫が四人いる。

札幌に住んでいる長男が、子供を三人つくったのである。だが私は孫とは今まで数えるほどしか会っていない。妻のほうが私より多い回数会っているせいなのか、孫からはしょっ中電話がかかってくる。日に何遍もかかってくることがある。私が電話にでた時には話をするにせよ、相手をするのはもっぱら妻のほうである。誕生日やらクリスマスやらにプレゼントを送っているようだが、私をのぞいてどうやら妻と孫たちとで共和国ができている様子である。

そばに住んでいるわけではないので、じいじいとしては影響力をふるいようがない。それなりに元気に育ってくれればよいと思っている。

長女夫婦は歩いて六分間ほどのところに住んでいる。約二カ月前に、娘は赤ん坊を産んだ。男の子だということは、前からわかっていた。男か女かどちらが産まれるかという緊張感は、最近の出産にはない。長女は女の子が欲しかったらしいが、そこまではどうにもならない。長女と妻の態度によって、男の価値が暴落していることを、私は改めて知ったしだいである。

私からすれば、昨日生まれたような娘が母親になるのかという、あやういような不安があった。しかし、女というものは強い。おなかが大きくなるにつれ、どんどん母親らしくなってくる。女同士で妻とは親密に連絡をとりあっているようで、私はなんとなく疎《うと》んじられていた。どうも男親とはつまらないものである。

産院もすぐそばにあった。つわりが起こったらどうするとか、妻とは細々と連絡をとりあう。妻はよく娘のマンションにいったりもしていた。娘の夫も産気づいた娘を車で産院に連れていくというようなことしかできない。

「お産に立ち会ったら、絶対に気絶するから、こないでいいよ」

娘にこんなふうにいわれ、夫は立ち会わなかったようだ。いろんな理屈はあるだろうが、熟練の専門家にまかせ、無事に出産した。本人はあんな苦しいことは二度と絶対にしないと出産の時には思ったが、赤ちゃんの顔を見たら忘れたといっていた。この忘れられるということが、女の強さなのである。苦しみは忘れたほうがよいに決まっている。

私は脳出血で意識不明となった母を抱えている。回復することは皆無な母を、時折私は見舞いに宇都宮にいく。完全看護の病院だから、声をかけても反応はなく、前に立ってもこちらを見ているかどうかもわからない母の手を、私はただ握ってくるだけである。

その母に四人目の孫が生まれたことを伝えたが、聞こえたというそぶりはまったくない。それでも話しかけるのが息子のつとめだと思っている。

去っていこうとする人がいれば、やってくる人もいる。それがこの世の仕組みなのだ。やがて私にも去っていく番がくる。その時には勇気を持ち、黙って向こう側にいこうと思うのだ。

赤ん坊は皺がなくて、すべすべして、少し光っていて、美しい。しかし、皺だらけで苦悶の表情を浮かべ、死の床に横たわる母も、その生涯を考えれば美しいと思う。昔を思い出しては、私は母の姿を眺めながら涙ぐむのである。

今日、娘は生まれて二カ月の赤ん坊を連れ、夫の運転する車で宇都宮にいった。宇都宮には昔から住んでいた家があり、そこに二泊して気晴らしをしてくるという。出産と子育てで産院にいく以外には家から出ることはできなかったが、赤ん坊が遠出をできるくらいに育ったから出かけるのである。当然のことながら、娘にとっては祖母の見舞いに、生まれたばかりの子供を連れていく。それが今日なのだ。その報告を私はまだ受けていないのだが、静かな病室の様子は想像がつく。母も赤ん坊も自分の中にお互いの記憶を刻むことはできないが、去っていくものとやってきたものとが出会う劇的な場になるはずである。きっとそれはよい瞬間なのだ。

これからも赤ん坊はぐんぐん育っていくだろう。たった二カ月見てきただけだが、そうしょっ中会うわけでもないにせよ、会うたびに育っている。

私は孫を自分の思う通りに育てようとはさらさら思わない。育つように育てばよいと思っている。もっというなら、この世に存在していてくれればよいと願っている。そして、孫が生きていく時代が、戦争や災害などに苦しむことのないようにと望むばかりだ。

食事をさせたり、学校にいれたりするのは、親の仕事だ。もちろん背後からの支援はするにせよ、じいじいの思いを代弁させたり、自分のできなかったことをしてもらおうなどとは、さらさら願わない。

親として育てられる

2007.7

子供が大きくなり、自分たちのところから離れて気づくのだが、子供を育てたと単純にいうことはできないのだと思う。子供に教えられ、こちらが育てられたことが多いのだ。

長男が赤ん坊の頃、廊下にしゃがんで何やら真剣な顔をして手を口に運んでいた。何をしているのかと近づいてみれば、廊下の隅を列をなして歩いている蟻《あり》をつまんで口にいれている。もちろんあわてて長男の口に指を入れ、蟻を出した。

私は自分が子供の頃のことを思い出すのだ。私は狭い庭にしゃがみ、雑草を掻き分けて地面を見て、蟻を見ているのが好きだった。一匹の蟻のあとをできるだけ追っていく。大人からは何をやっているのかといぶかしく思えただろうが、そこにある豊穣《ほうじょう》な世界を見ていたのだ。子供の目は地面に近く、蟻や草の芽などがよく見えるのである。見上げれば空は広く、鳥が横切っていたりする。

あの蟻はどこにいったのだろうと、息子が蟻を食べている姿を見て思い出した。息子とすれば動く蟻を見て指先でつかまえ、その指をただ口に運んでいただけなのかもしれない。子供は大人と見ているものが違うのである。蟻を食べるのはともかく、蟻までが鮮明に見える生き生きした目を、いつしか大人になると忘れている。

大人になると何もかも成長しているというのは錯覚である。まったく根拠のないことだ。自然の動き、季節の流れ、見えないものを見る、そんなことは子供のほうがすぐれている。身近に小さな子がいると、その子を通して森羅万象を感じることができる。子供はアンテナのようなものだ。自分自身が通ってきた道なのだが、子供には黄金の時期というものがある。そんな時期の子供をアンテナに使うことができれば、大人も子供の感受性を失わずにすむ。

しかし、子供はどんどん大きくなる。大人の自分に近くなってくるのである。大人は社会性などまわりに目配りをしてしまうが、子供の目はまっすぐである。芸術にたずさわるには、その目が必要なのだ。小説を書いて生きてきた私は、子供の感受性にどれほど助けられてきたかわからない。くり返すが、でも子供はどんどん育っていってしまう。黄金の時期は失われてしまうのである。

育てるなどということは、傲慢《ごうまん》ないい方だと私は思う。大人の世界が子供の世界よりずっといいということでなければ、育てるとはいえない。身体が大きくなったり、社会性を養うことはできるにせよ、子供を大人に近づけるのは、失うことではないだろうか。

私は自分の感じたことを子供に語って聞かせ、子供からの反応を自分のものにしたいと考えてきた。しかし、私のやっているのは大人のための文学で、児童文学ではない。文章の細部では子供と出会うこともあるにせよ、子供と出会うことを目的とするのではない。いつか絵本をとりあえず自分の子供に向かって書きたいと願っていたのだ。

実際問題として、私は自分が本来やるべきことで手いっぱいで、とても余裕はなかった。やるべきことすら満足にできなかったのである。そして、時間ばかりがいたずらに過ぎていき、そのことは私の心の中の秘めたることになったのである。

子供はそんな私の望みとは関係なく、どんどん大きくなっていく。黄金の感受性を自然に持っていた時期は通り過ぎていき、親となんら変わりのない大人になっていった。

一方、私には自分の仕事が一段落するような形で、余裕というものができてきた。絵本をつくりたかったのだという気持ちが、甦《よみがえ》ってきた。すでに自分の子供は大きくなっていたから、一般的な子供に向かって絵本を書いてみたいと思った。私のその考えを受け止めてくれる編集者がいて、『山のいのち』と『海のいのち』の二冊ができた。私はこの本を少なくとも十年前に書きたかったはずだったのである。自分の子供に向かってだけではないので、むしろ普遍的なひろがりを持つことができたと思っている。

やがて娘は美大を卒業し、絵描きの道を歩みはじめた。私はいつしか娘と組んで絵本やら児童文学の本をつくるようになっていた。こうしてできた絵本は、「いのちシリーズ」を引き継ぐ形になって、『街のいのち』『田んぼのいのち』『川のいのち』『樹のいのち』『牧場のいのち』などができていったのである。その間、娘は賞を得たりした。

今は仕事のよきパートナーとなっている。本来の目的からは大きくはずれてしまっているのだが、結果としては、私は親として、娘を絵描きとして育てたといえるのかもしれないと、最近では考えている。

そして、私は娘に育てられているのかもしれないとも思うのである。

ふるさと回帰運動への想い

2006.5

今日の日本の大きな問題は、地方の過疎と高齢化である。農業の生産現場にいくと、就労メンバーの高齢化と後継者不足が目立つ。農業は自分の代限りと思いを決めている人が多い。老齢化して田んぼを誰かに委託しようとしても、耕すことを引き受けてくれる人がいない。必然の流れとして、耕作放棄地が目立ってくる。風景はその時代の人の精神を表わす。そうして見るならば、耕作放棄されて草ぼうぼうになった畑や田んぼは、荒涼としたこの時代をそのまま表現しているといえる。

一方、都会では人があふれている。若者は企業からリストラされ、新卒で就職ができないのでフリーターになり、あるいは最初から働くつもりもなくてニートになっていく。団塊の世代と呼ばれる人たちがいっせいに定年をむかえ、街にあふれるということになる。

地方と都市とのアンバランスは、大きな問題である。私たちがＮＰＯ法人「ふるさと回帰支援センター」をつくったのは、根本的にはこの日本の不均衡をなんとかしようと考えたからである。私自身は昭和二十二年生まれの団塊の世代に属し、まわりの友人はそろそろ六十歳定年を迎える。終身雇用は日本の企業社会の美徳だと思うが、入社の時に六十歳で会社を辞めると契約を結んでいるので、定年は仕方がないことである。

六十歳という年代はあまりに若く、老け込む年ではない。二十歳で就労したとして、四十年の経験と技術がある。四十年間蓄積されたキャリアはもちろん簡単に得られるものではなく、一人一人の人生にとっても、これを生かすべきである。

こうして都市では労働力が余ってしまう一方、地方では過疎に苦しんでいる。過疎とは、人材が不足してやりたいことをやれないということである。このアンバランスを、都会でリストラされた若者や定年者で埋めることはできないだろうか。

ことに定年者は即戦力以上の、経験と技術を持ったリーダーとなれるのだ。求めるものと求められるものとが、うまくマッチングできれば、個人の生き方にも社会全体にもためになるのではないか。そんな意味を持って、「ふるさと回帰支援センター」の動きは始まったのである。

地方移住の支援と都会のセンスを地域に活かす

2009.7

老後の生活設計がどんどん崩れていく。年金を払いつづけてそれだけで老後には穏やかな生活が保障されるはずだったのが、受給の期日が遅くなり、金額も減っていく。しかも、転職をした場合が多いのだが、以前の職歴の記録が消えている。

年金生活ができないのなら、働いて生活費を稼ぐしかない。それならどんな形が可能なのだろうか。

定年延長で、たとえ条件が悪くなるにしても、これまで働いてきた会社で働きつづけられることが理想ではあるだろう。しかし、これまで部下だった人が上司になり、職務命令を出されたとしたら、複雑な気分が残るであろう。また一日八時間働くほど仕事がないならば、二人でワークシェアリングを行い、一日おきに働くということも考えられる。

私が活動しているＮＰＯ法人「ふるさと回帰支援センター」は、これまで都市で仕事をし生活していた人に、地方暮らしをすすめて支援する組織である。日本は都市に人口が集中し、定年を過ぎた人がいつまでも仕事を独占していたのでは、若者の就労の機会を奪うことになる。

もちろん若者の地方移住も支援するのだが、定年を過ぎて各種の仕事に熟達した人に、地方に移住してもらってその力を存分にはたしてもらうことも柱にしている。帰農もその選択肢の大きなひとつだ。

晴耕雨読は人の究極的な理想であるが、農を業とするばかりでなく、農的生活を営むことは人生を間違いなく豊かにする。それは個人のためであり、過疎にあえぐ地方にとっては、人材が慢性的に不足しているわけで、有能な働き手は喉から手がでるほどに欲しいものである。

農業について語れば、就業者の高齢化と後継者不足は深刻で、日本の農業はあと十年もつだろうかと私は心配している。六十歳で帰農した人でも、十年以上は働ける。それでその人の人生が豊かになるなら、考える余地はある。農業従事者とならなくても、特産品をつくり流通させるのには、都会のセンスが必要なのだ。

今、地方自治体の多くはUターンもしくはIターン受け入れの窓口を設け、積極的に受け入れようとしている。補助金が各種あるので、ハウスなどはたちまち建ってしまう。生産組合もある程度の生産量を確保しなければならないので、新規就農者の受け入れに積極的である。

メロン栽培などを例にとれば、気温が何度になったら水や肥料はどうするかなど、何十年もかけて蓄積したノウハウを、惜し気もなく教えてくれる。大阪の機械メーカーに勤めていた人が、島根県にIターンし、三年で出荷できる糖度が充分にのったメロンをつくった例を私は見てきた。

定年は人生の幅を広げるチャンスだと考えたい。

作物は誰が育てたか

2006.12

　この世は因と縁と果によってできているのだが、そのことを理解しようとせず、すべてが自分を中心として動いていると考えている人がいるようだ。たとえば畑に作物をつくるのに、自分が耕し、自分が種を蒔いたからこそ実りがあったのだと主張する人がある。もちろん彼が耕さず、種を蒔かなかったら、芽もでず作物も実らない。それはそうなのであるが、彼の行動は因の一部となったことは間違いないにせよ、彼が全部を取りしきってそうしたのではない。

　種は温度と水分の条件が整って発芽したのである。発芽したのはその人の力ではなく、種の力であり、種の力を引き出したまわりの力によってである。その人は縁を整え、つまり条件を整えただけで、縁がなければ果はないのだが、そんなはじめのことをしたにすぎないのだ。

　私がこんなことを考えたのは、最近子供は自分のものだと思っている人が多いようだからだ。自分が産んだ子供ならば、どんなふうに扱おうと親の勝手だというのである。

　だが親と称する人のしたことといえば、畑に種を蒔いたにすぎなくて、他の様々な要素が子供を形成していったのだ。一人のなしたことはたいしたことはないにせよ、その人の行為がなければ子供は生まれなかったことは確かだ。だがそれだけではもちろんない。つまり、数多くの要素がなければ子供は生まれないし、育ちもしない。

そのことは明らかなのだが、家庭を、会社を、国を、自分一人で動かしていると錯覚する人が時折出現する。家庭の中で君臨すると家族が困るか、もしくは本人が疎外されるくらいですむにせよ、国に独裁者がでると、全体をつくっているゆるやかな関係は壊れてしまう。

みんなが支えあい、それぞれの持ち場で力を出しているからこそ、社会全体が成立し機能しているのだ。そのことを知って、謙虚に生きていくべきである。

2005.9

極限で磨かれる魂

ラリーは人生である。観戦することも含めたラリーに何らかの関係を持つ一人一人に、沸騰するような物語が生まれる。たとえば三日間の競技ならば、三日間に煮詰まった物語が確かに存在する。それが私には何とも魅力なのだ。

私がはじめてモーター・ラリーを知ったのは、今から二十三年ほど前のサファリ・ラリーである。出走にこぎつけるまでには長い長い準備期間があり、世界中からナイロビに集まってきたマシンにも人にも磨きぬかれた高貴さを感じた。それがはじまりであった。

ケニアのサバンナは、乾けばパウダー状の微粒子の土埃《つちぼこり》が飛んでエアフィルターに詰まり、空気をエンジンに送らなくなる。雨が降れば一瞬にして命を吸う泥濘《でいねい》になる。過酷な自然条件の中を、連続するコーナーを百分の一秒でも早く駆け抜けようと競う。クルマにも人間にも限界を越えた地点のことで、この行為によって磨かれる技術も魂もあるのだと知った。実際、ラリーは実験場の要素があり、ここで獲得された技術はクルマ造りにフィードバックされる。だがそのことよりも私の気を引いたのは、人間のやっているスポーツということだ。

ラリーのチームには多くの人が参加する。ドライバーとナビゲーターだけではなく、クルマをつくるエンジニア、クルマのメンテナンスをするメカニック、参加者すべてを支援するマネージャーなどがいる。ドライバーがほんの少しブレーキを踏むのが早過ぎたとか、ナビゲーターの指示が一秒遅れたとかいうばかりではない。クラッシュしてサービスステーションに跳び込んできたラリー車が、タイヤ交換をし、たとえば一本のボルトの締め方が甘いだけで、再びクラッシュする。一人が蒔《ま》いた因《いん》の種は、よくも悪くも拡大されてたいてい激しく報いてくる。全員が全力を尽くしているのに、わずかな心の緩みが、必ず結果となって残酷な形で現われる。まさに人生なのである。

ラリー車が完璧《かんぺき》に美しいシュプールを描いてコーナーを走り抜ける。ドライバーのそのテクニックなどは、ごく表面に現われた現象にすぎない。ラリーはたとえば三日間の総合的な人生そのもので、そのことにまず私は魅入られたのであった。

気がついたら、私は国際Ｃ級ライセンスをとり、ナビゲーターを務めていた。ドライバーにはいくらでも速い人がいる。ナビゲーター志願者はなんとなく少なかったからだ。

国内ラリーを何戦かした後、国際ラリーでは私は香港―北京自動車ラリーに出た。パリ・ダカール・ラリーには二度出場した。パリからサハラ砂漠を越え、セネガルの首都ダカールまで二十一日間の競技である。最初の年は、リビアの砂丘の砂の深さに敗れてしまった。競技から落ちても、生きるためダカールまでは広大にして不毛の砂漠を全身全霊をつくし越えていかねばならず、敗者の悲惨をいやというほど味わいつつ、敗《ま》けるのも人生の上では悪いことではないなと思えもした。二度目のパリ・ダカでは念願の完走を果たした。サハラ砂漠の美しさと恐ろしさを骨の髄まで思い知らされた、一種の旅ではあった。

ＷＲＣはオーストラリア・ラリーに参戦した。飛騨高山にある高山短大自動車学科の学生の実習のため、私はナビゲーターとして走ったのである。数だけは多数いる学生のメカニックは頼りなかったのだが、車を壊さないようにと心掛け、順位はともかく目標の完走を果たした。

そんなところが私の戦績で、自慢するほどではとうていないのだが、国際ライセンスは手元に持ちつづけてはいる。毎年更新の時期がくるとどうしようかと悩み、一度破棄すれば二度と取得することは不可能なのだと思いとどまり、更新の手続きをする。もうライセンスを使うことはないだろうなと感じながらも、準備だけはいつもしておこうというわけだ。

野外でやるラリーは、砂と泥と水との戦いとなる。この砂や泥や水に磨かれるマシンも魂もあるはずである。マシンは限界点を越えた瞬間に壊れ、その限界点に限りなく近づくのがラリーのテクニックだ。それを限界走行という。しかし、人間は限界点だと想定していた線を簡単に越えていることを、越えてから気づく。そんなことを実感する瞬間が、充実してたまらなく楽しい。

2008.8

サハラ砂漠の美しさと恐ろしさ

パリ・ダカール・ラリーに二年連続出場し、私はサハラ砂漠の美しさも恐ろしさも、骨の髄に染み込むようにして知っている。

太陽が砂丘の向こうに沈む光景は、心の底が染められるように派手で美しい。だが、その風景に見とれているわけにはいかない。これから夜がくるからである。

私たちはプライベーター（個人参加者）で、装備も貧弱で出走順も遅いため、夜に距離をかせがなくてはならない。砂漠は平らなばかりでなく、砂丘が連結したり、その昔に川だった跡の「乾いた川」の窪みもある。夜はライトが届く範囲しか視界がないので、危険な箇所を見落としてしまわないとも限らない。あまりにもリスクが高いので、速度は落とさざるを得ない。

そのために様々な負担がかかってくる。

平らな暗い砂地を全力で走っていると、ライトが届くところしか見えないわけで、巨木の森の中のそこだけしか通れない道を疾走しているような気になってくる。ハンドルを曲げると、崖から転落してしまうかのように思える。その分、夜明けはまた感動的だ。

サハラ砂漠は人を寄せつけない不毛地帯というのではなく、ところどころにオアシスがあり、村がある。そこで農業が行われていたり、塩の井戸があったりする。村と村とを結ぶ隊商《キャラバン》が、ラクダを長く連ねてゆっくりゆっくり進んでいる光景に出合う。

私はサハラ砂漠とは命懸けで付き合ったのだ。

2009.1

戦争と立場

戦争は恐ろしい。

一九八四年四月三日、私は激しく戦闘が行われているレバノンのベイルートにいた。その年の二月六日、イスラム反政府勢力は一斉蜂起をし、ベイルートに総攻撃をした。政府軍も反撃をし、六日間の市街戦で一般市民二百五十七人が死亡、九百人が負傷した。ベイルートで市街戦が行われた二日間だけで、百五十七人の一般市民が死亡、負傷は六百人である。政府軍は死者二十二人、負傷者百九十七人と公表しているが、反政府軍からの発表はない。その時、ベイルートには外国大使館も、外国報道機関も一切なかったのだ。

当時の資料を引っぱりだして私は数字を引き写しているのだが、数字は数字であって、あの戦争の光や影やにおいなどはまったく写していないことに気づく。いつも、最も多く死ぬのは、武装していない一般市民だ。

私がレバノンにいったのは、テレビ番組の特番をつくるためであった。戦場の日常をレポートするという、平和にまどろむ好奇心から発想された番組は、お茶の間の家族団欒《だんらん》の中に届けられることになる。そして、若い私自身も、未知への好奇心にみなぎっていたのだった。

広河隆一『戦争とフォト・ジャーナリズム』には、ベトナム戦争の従軍記者の言葉が引用されている。

「ベトナム戦争にはどうしようもないほどの魔力があった。サイゴンで仕事をした経験のある記者は、誰でもこういう」

「ベトナム戦争を取材していたものにとって、戦場ほど面白いものは他にないんだ」

こうして沢田教一も一之瀬泰造も、ベトナムやカンボジアの前線にカメラを持ってでかけていったのである。同時に彼らは、我が身を危険にさらすことによって、写真で「一発当てる」という山っ気があったことも、否定できないであろう。

家族団欒の茶の間に届ける番組の制作であっても、前線に行けば頭を撃ち抜かれる危険がある。それでも喜びも悲しみも極限まで表現され、つまり人間が露わになった戦場は、結果的にまことに魅力的であった。

私たちのレバノン撮影の先導役をつとめてくれたのは、広河隆一であった。その二年前の八二年九月十八日、広河はベイルートのパレスチナ難民キャンプ、サブラ・シャティーラ・キャンプにはいった。そこで広河が見たものは、イスラエル軍に包囲された中で、右派民兵組織によって行われたパレスチナ市民への虐殺だった。虐殺は継続中で、血はまだ乾いていなかった。広河は夢中でシャッターを切りつづけた。自分の命が危険なのも忘れて……。

そうして発表された写真は、世界中に深刻な大反響を巻き起こした。「それで世界は変わったか？」これが広河の今日でも抱きつづけている心の叫びだと思う。パレスチナ人は今も、失われた土地を求めて絶望的な闘いをつづけているではないか。カラシニコフでも戦闘機でも簡単に世界を変えることはできないが、あの衝撃的な写真は多くの人の魂を震撼《しんかん》させ、ゆるやかに世界を変えていく方向に向かわせたことを私は知っている。

たった一カ月のレバノン取材でも、私は命の危険を感じたことが二度あった。ベイルートは西と東に分断され、グリーンラインと呼ばれる境界線は廃墟となった市街地である。廃墟の物陰に身を潜め、狙撃兵《スナイパー》は何時間でも敵が銃口の前に現われるのを待つ。兵士は壁の穴などを結ぶ兵士道《コマンド・ロード》をつくり、身を隠し狙撃をしつつ移動する。兵士が壁の小さな穴にカラシニコフの銃口をいれて乱射すると、間髪をいれずヒュンヒュンと返礼がある。熾烈な殺し合いの現場は、よそからは見えないものだ。

そんな最前線で、お互いに会話をするように迫撃砲を撃ちあう。適当に撃つのだから、弾は何処に落ちるかわからない。私たちは毎日そこに通い、撮影を無事に終了させてその場所を離れた。山のほうの戦場にいって戻ってきて、通行証をもらうため、民兵の事務所にいった。そこで見せられたのは、爆弾によって壊れたテレビカメラだった。私たちがグリーンラインを去って数日後、国際的な通信社の現地クルーがやってきた。迫撃砲弾が落ちたのでそこを撮影にいくと、もう一発飛んできた。直撃弾となり、全員が死亡したとのことだ。スイッチを入れると、カメラはことことと音を立てて動いた。彼らの最後の映像がどんなものだったかは、確認できなかった。

もう一度は、山の前線にいった時のことだ。その丘はくり返し爆弾を受けたとみえ、高い木はなくて草も疎《まば》らだった。丘の頂の陣地に向かっていると、前方の兵士たちが伏せろ伏せろという。アルミのコーヒーカップを持って笑いながらいっているので、なんとなく安心であった。頂上に着こうとするところで、すぐ頭上で空気の裂ける鋭い音がして、視界の端に白い微かな線がよぎった。間髪をいれず丘の下のほうで爆発音があり、膝に地響きが伝わった。兵士たちは銃を取って土嚢《どのう》の陰に身構え、私は丸太で屋根までこしらえてある塹壕《ざんごう》に飛び込んだ。飛んできたのはミラン・ミサイル（歩兵用軽対戦車ミサイル）で、あと三メートル低ければ命中するところだったと、兵士たちにいわれた。土嚢の隙間から覗くと、百メートル程先の対面の丘の頂に敵方の陣地が構築してあった。複雑に入り組んだ陣地と陣地の間の谷は、奈落だった。死ぬなよ、と私はそこにいる年若い兵士たちを見て思った。戦場に慣れない私たちは一瞬敵方に身をさらしてしまい、そこを狙われたのだ。

「頭が吹きとばされる最後の瞬間を撮ってやろうと思って、フォーカスをあわせていたんだがな」

その場にいた広河は、ファインダーを覗いていたカメラを胸に戻していった。広河は私の不用意さをたしなめたのだ。もう少しのところで、私は生涯で最後の写真を残しそこなった。

戦場でまわりの状況を冷静に判断するのは、よほどの経験がいる。最前線の兵士たちは、まるで蛸壺の中に身を屈《かが》めるようにして孤立している。戦況の全体などはわからず、とにかく銃口の前に現われた敵を撃つ。まして戦争の全体などは掌握できないのではないか。そんな孤絶したところに裸の命をさらしているのだ。

ひとつの戦争はもちろん最前線だけではなく、銃後にも、もっと周辺にも、さらに国境を越えたところにも、限りなく離れたところまで広がりつづけている。そのどこに立つかで、当然ながら戦争を見る視点は変わってくる。

戦争というのは、価値観と価値観の激しいぶつかりである。その点からいえば、少なくとも最前線では、どちらの側に立つかで世界の見え方はまったく変わる。レバノンでは私たちは左派イスラム教徒側にしかいなかったが、それで私たちの立場ははっきりとしたのだ。同じ番組の別のクルーは、右派キリスト教徒側にはいった。いかにもテレビ的な発想なのではあるが、私たちのクルーだけでは、レバノン戦争を一方側からしか語ることはできないのである。

広河隆一はジャーナリズムの現場でのいわば歴戦の勇士である。「地雷を踏んだらサヨウナラ」といって、功名心を胸にカンボジアの最前線にいったきり帰ってこない若い一之瀬泰造とは違う。生き残って、一つ一つ学んできたからである。一之瀬にしても、最前線に、しかも可能ならば左派の側にいきたかったのだ。最前線では傍観者の立場はない。たとえジャーナリストの腕章をしているのだとしても、客観中立的な立場などないと私は思う。兵士たちがそれを許さない。

戦争はたとえ正義の衣をまとっていようと、人間のする最大の犯罪である。それはあらゆるところに影響をおよぼす。遠く離れたところに位置しているようであっても、底流は必ずつながっているものだ。

一つの例をのべれば、先の大戦について自衛隊の前航空幕僚長が書いた論文は、政府見解と異なるから免職に値いするというだけではない。戦争を賛美する意見が底流となって脈々と流れていて、その論文が回路を通して見せたように自衛隊は結局旧日本軍とつながっていることを明らかにしたということが、危険思想と見なされたのである。

「日本だけが侵略国家といわれる筋合いはない」

「日本は穏健な植民地統治をした」

このような論は、前航空幕僚長がどのような人格の持ち主であるかにかかわらず、底流があるかぎりいずれ噴出してくる。またその底流を支える人たちが、政治家を含めて、またジャーナリストを含めて、必ず存在するということである。何故ならば、戦争は結局のところどちらかはっきりした立場に立つことを要求するからだ。

最前線の兵士は、いつも敵の殺傷を狙っているし敵から狙われている。心の中にどんな善良な思いを抱いているかなど、究極的には関係ない。その善良な思いをすり減らしていかなければ、戦場で優秀な兵士にはなれない。それと同じように、戦争への一方の思いを、たとえそれが本心であっても、消さなければ、文民統制の自衛隊航空幕僚長にはなれないのだ。そして、前航空幕僚長は、自分に率直に一方の立場に立ったということを鮮明にしただけのことである。

ジャーナリストも結局のところどちらかの立場に立たなければならないのだと、私は思う。心の中にある思いを抱いて現実のその場その場を生き抜くこともあるはずだが、それでも微妙に特定の立場にいるのである。

旗色の濃淡はいろいろあるだろう。そうではあっても、色はどちらかに分けられるのだ。それが立場というものだろう。

ベイルートのグリーンラインで迫撃弾を受けて爆死しても、レバノンの山地でミラン・ミサイルの攻撃を受け、また頭を撃ち抜かれて死んでも、私はその立場に立っているので仕方がなかったのだ。

それが一人の人間の意思を超えた立場というものだろう。複雑な力学がはたらき、その力に翻弄されるジャーナリズムの現場でも、立場に立たなければならないということは同じだ。

2008.9

悲しきテレビ生活

普段の私のテレビ生活は、深夜の一時間ほどである。午後十一時近くまで書斎で書きものをしたり本を読んだりして過ごし、それから風呂に入り、妻と軽く晩酌をしながらテレビのニュースを観る。どの局を観るかは決めていず、その日の気分でチャンネルを変える。チャンネルを回していると、ニュースでもくり返し同じようなシーンを観ることになる。スポーツニュースも、プロ野球の結果を何度か重ねて確認することになる。

その頃にＮＨＫスペシャルの再放送をやることが多いので、そちらに流れていくこともある。

他に私がテレビを観るのは、サッカーや他のスポーツの国際試合がある時だ。定時の番組はほとんど観ない。時間潰しをするほど時間に余裕がなく、読書をしていた方が精神が充足するからである。

私が書斎にいる間、妻はテレビと向き合っているが、観ているのはほとんど映画である。ケーブルテレビに加入していて、CS放送で結構いい映画を放送している。最近評判になった映画も、意外なほど早く放送される。古い映画に登場する女優たちが美しい日本語を話すことに、改めて驚いたりしている。

日々流される番組は、失礼な言い方をさせてもらえば、若者の散らかった部屋を見せられているような気分にさせられる。NHKの番組はていねいに作られ、昔から比べて水準が落ちたとは思わないが、民放の番組はおしなべてひどい。工夫というのは、散らかった部屋をどの角度からどの部分を写すかということのようで、そこに住んでいる芸能人たちのおしゃべりは、チャンネルをどこに回そうと同じなのではないか。大人が観るに堪える番組があまりにも少ない。

美しい風景を映し出した番組を観ても、感動がなくなってしまったのは、たいていすでに見たような気分になる景色だからだ。厳密にいえば見ていない場所の風景ではあっても、近似の景色は見ているのである。実物を見ていなくても、疑似体験として見ているのだから、感覚としては見ていることになる。

テレビ体験とは、すべてが疑似であるから、視聴者は風景を疑似的に激しい勢いで消費してきたのである。だから目が肥え、すべてを見たような気分になっていて、どんな映像を送り出そうと感動することはない。テレビの紀行番組で、どれほど秘境に行って苦労して番組を作っても、それだけでは素朴な気持ちで感動はしなくなってしまった。

旅行番組や料理番組でどんなに珍しい料理が登場したところで、実際にそれを味わった体験がなくても、他の番組ですでに食べたような気分になっているのだ。疑似に何度も体験しているからである。

これ以上テレビで何をやることがあるのかと、番組制作にも多少は関わってきた私は思う。手を変え品を変えてみたところで、結局素材は同じなのである。こうなったら、日々移ろっていく風俗の中に、時代の最先端という衣装をまとって入っていくしかないのではないかとさえ思うのだ。それももちろんテレビの仕事の一部だ。だがそれも一度しかできない。

ことに民放のテレビは、視聴率がすべてである。スポンサーからの広告収入で運営されている以上、どれだけの数の人が観たかに影響される広告という媒体の持つ宿命である。たくさんの人に視聴してもらうためには、大衆の好みに合わせ、大衆に取り入らなければならない。若者が望む仕事につけず、ワーキング・プアなどが出現する閉塞感に満ちた時代では、大衆は心の底に悪意をため込んでいる。芸能人を何か特別の人間でであるかのようにあがめつつ、一方その裏側ではわずかな傷でも見落とさず、不倫などもスキャンダルに仕立て上げる。そして、華やかな場所から引きずり下ろす。その瞬間を、悪意をためた大衆は待っているともいえる。一種の神前への生け贄である。スキャンダル・ジャーナリズムは、これからもいっそう大衆に支持されていくだろうと私は感じるのである。

そのような悪意の大衆に媚びなければならない視聴率戦争の落ちゆく先は、明白である。一つの番組が視聴率を取ると、制作者は誰も自信がないので類似の番組ができ、出演する顔ぶれも同じようなものになる。大衆はますます我が儘で飽きやすくなり、別の番組を求める。制作する側ではなんとか大衆の好みに応えようと努力するのだが、いつもいつもうまくいくわけではない。

一方、テレビ局では三百六十五日二十四時間番組を出し続けなければならず、これは大変な負担となる。類似の番組を出す方が楽だから、どうしても楽な方へと傾いていき、どれもが同じような番組になる。それが現状ではないだろうか。

経済が拡大して、大衆の消費が伸び景気がよい時は、それはそれでテレビは活況を呈すだろう。だがこれからの時代、経済は縮むばかりで、人の悪意は拡大する。また世代によって好みも変わり、個人の水準でも多様化する。大衆全体が好むものはいよいよ統一性がなくなり、視聴率は意味をなさなくなる。

この視聴率戦争によって、中高年世代、とりわけ団塊の世代の私などには、観たいテレビ番組が少なくなってしまったと私は不満に思っている。

十年ぶりの同級会

2009.4

大学の同級会に、ほぼ十年ぶりにいってきた。前回の時は五十歳を少し出たばかりの頃で、今回は六十一歳である。この十年で、自分たちの置かれている状況が大きく変わっていることを知った。

五十歳の時、まだギラギラした気分が残っていて、競争の真っ只中にいた。私は経済学科の出身で、私自身ははやばやと別の道を歩いていったのだが、同級生たちは経済の分野にはいっていったものがほとんどだ。

私たちは団塊の世代である。学生時代には高度経済成長期で、社会は急激にふくらんでいたので、就職に困るということはなかった。私はまず出版社に就職を決め、結局入社せずに自由に生きる道を選んだ。何をしたかといえば、工事現場の日雇い肉体労働である。小説を書きたいとその頃から願っていて、人の生きている現場に身を置いていたいと思ったからだ。

結婚し子供ができて、故郷に帰って市役所に五年九カ月勤めた。三十歳で文筆家としてフリーの生活にはいり、今日までできた。

その間、経済界にはいった同級生たちは、経済活動の先兵となり、海外駐在などもして、日本の高度経済成長を支えてきたのだった。そして五十歳になって同級会をした。その時の話題は、誰が高給をとっている、誰が重役になりそうだというようなことであった。組織の中の競争からはやばやとドロップアウトしてしまった私は、話題についていけず、違和感を持った。だからその後同級会の案内をもらっても、顔を出さなかった。

それから十年たち、熱心に出席をすすめてくれる同級生があって、気が進まないながら私は出席した。最初の印象は、みんな年取ったなということだ。白髪になり、ハゲになり、腹が出てきた。

六十歳を過ぎ、定年を迎えたのである。私は現役で入学したが、浪人経験者も多い。半分は職場を去っている。名刺のないものもいるし、名刺をもらっても会社が変わっている。有名企業に就職したはずなのに、聞いたことのないカタカナの会社名になっている。そのことの理由は聞くまい。

重役になってバリバリやっているものもいるが、みんな競争心が抜けて、穏やかな表情になっている。二十三、四歳で大学卒業のスタートラインに立って一斉に走り出し、四十年ほどたって定年というゴールに着いた時には、また同じ場所に戻ったのである。

仏教でいう同事《どうじ》である。人はみな同じだということだ。

Ⅳ

父のこと、母のこと

父との別れ

会うが別れのはじめなりというのが人生だとしたら、人生はつらい。「会う」ということと「別れる」ということは、まったく反対の要素である。この矛盾する要素が一人の人生の中にはいっている。そういえば人生には、生と死とが同居している。この矛盾する要素が同居しているから、人生とはつらいのである。

人生に別れはつきものだが、最近私にとって最も苦しい別離は、父の死であった。死が何故悲しいかといえば、永遠の別離だからである。死というものがなかったら、一度会った人とはもう別れなくてよい。そうなら人と会う時の気合いの込め方は変わるかもしれない。

私の父は地方の電気工事会社に勤める、平凡な生活人であった。私がごく若い頃には、そんな父の生き方に反発を覚えたりした。時が流れ、青春時代の私と向き合った父の年齢になってみて、私は自分の考え方や物腰に父とそっくりなものを認めてぎょっとすることがある。私の中に父がいる。

父は脳血栓にかかり、何度か倒れた。見舞いにいくたびに衰えていく親の姿を見るのは、つらいことである。晩年、父は私に向かって決まっていうことがあった。

2000.4

「俺は日本軍の兵士だったから、病院のこんな清潔なベッドの上や、温かな畳の上で死んではいけないのだよ」

最初の頃、私は父がいっていることの本当の意味を、よく理解していなかった。そのために私は決まってこんなふうに言葉を返したのだ。

「何をいってるの。一生懸命働いてきたんだから、そんなのは当然じゃないか」

もちろんそうではあるのだが、父の真意はもっと別のところにあったはずだ。父の軍隊生活はたった一年半ほどで、その時の苦しさが魂に刻印されてしまったのだ。魂の底に隠して生きてきたことが、死を目の前にして父を苦しめているのである。私は父の苦しみの原因についてなんとなくわかるが、本当にわかっているとはいいがたい。父には父のいうにいわれぬリアリズムがあるのだろう。

今度の正月に母と雑談してはじめて知ったことがある。父はソ連軍のコサック兵に武装解除され、シベリアに向かって長い長い行進をさせられている途中、戦友と語らいあって脱走した。シベリアに連れていかれてしまえば、もう生きて帰ってくることはできないと思ったからだと、私は勝手に思っていた。

母の話はこうだった。敗戦の直前、奉天の駅にいた。父は支給された軍靴が駄目になって困っている時、村の顔見知りの兵士が軍靴を貨車に積み込む作業をやっていた。その兵士に父が一足くれないかと頼むと、投げてくれた。喜んではいたら、右と右だった。間もなく武装解除になって、北に向かって行進を開始させられた。小隊長によって部隊の運命はずいぶん違ったようだ。小隊全員が団結してシベリアに向かったものも、父の小隊のようにそれぞれの判断にまかせるとしたものもあった。父は行進に加わったのであるが、靴が右と右で、これではシベリアまで歩くのは絶対に不可能だと判断した。それで脱走したのだというのは、母の説である。

ともかく父は故郷の宇都宮にいる母のもとに帰ってきて、私が生まれたのである。両方右の靴をもらったおかげで、私はこの世に生まれでることができたのだ。

父の病状は日に日に悪くなっていき、いよいよいけなくなってきた。医者には今夜が最期だと思ってくださいといわれていた。父の看病に献身的につくしたのは母で、同じ市内に暮らす弟も何かと大変だったはずだ。遠くに暮らす長男の私は、どうしても父とは遠い暮らしをしている。最後の晩ぐらい私は徹夜で父のところにいて、何かあったらすぐ電話をするということにした。

父は苦しい息をしているので、時々私は吸引器のガラス管を父の喉にさしいれ、痰を吸い出した。傍らにはテレビモニターの画面が置いてあり、緑の線が横に流れて光った。光れば心臓が鼓動を打っているということだ。ところがその光が間遠《まどお》く弱くなってくる。父が一歩また一歩と私のところから遠ざかっていくような気がして、淋しかった。

突然隣室から医者と看護婦とが跳びだしてくる。同じモニターを見ていたのだ。医者が父の胸の上にのって心臓マッサージをすると、また緑の線が横に流れだす。心臓マッサージは肋骨も折れんばかりの激しさで、父はいよいよもって苦しそうだった。

私が連絡したので、母や弟や私の子供たちが集まっていた。そうするとまたモニターの中の緑の線は弱くなる。父がどんどん私から離れていく。医者が父の胸にのって全身の力で心臓マッサージをし、父はまたかろうじて甦る。しかし、父の歩調が私から遠ざかっていくのは明らかだった。

ずっとそばについていてくれるようになった主治医に向かって、私はわかるかわからないかの合図を目で送った。医者は微かにうなずく。父はあの苦しい心臓マッサージを二度とされることもなく、私には手の届かないところに旅立っていったのである。合図をしてよかったのだと、私は思っている。

2005

お墓の代参。

ある時古い知人から電話がかかってきた。その友人は四十歳代半ばで、これから先自分がどうやって生きていったらよいか迷っているようだった。電話口に友人の声が響いてきた。

「今度、お墓の代参の請負いをしようと思うんだ。年取って介護施設なんかにはいって、お墓参りをしたくてもできない人がたくさんいると思うんだよ。代わりにお墓参りして、掃除して、草むしりして、お花あげて、般若心経でも、法華経自我偈でも、阿弥陀経でも、頼まれたお経をあげてくる。それからお墓の写真を撮って、依頼人に渡す」

「それはいいいな。お墓参りに行きたくてもいけない人は、喜ぶだろうな」

本当にいいアイディアだと思って、私も反応した。

「うん。実際にそのビジネスを立ち上げている人もいるようだよ。掃除は誰にでもできるけど、誠心誠意できるかというのが勝負だな。こちらもただの頼まれ仕事じゃなくて、お墓を巡るんだから、巡礼だと思ってやるんだ。人には誰でも人生というものがあるんだから、時には依頼人の話を聞いてやって、望まれるなら代わりにお墓にも語りかけてきてやるんだ。こちらの人生修行ということにもなるんだし、それはそれで楽しいと思うんだ」

「それはぜひ実現させたらいいよ。こちらが協力できることがあれば、なんでも協力するから」

私はこういって電話を切った。なるほどそれは良いアイディアだと思った。お墓参りをしたいのに、自分の身体は動かず、血縁の人の中にやってくれそうな人もいない。もしかすると子供もいない。墓地は草ぼうぼうになってしまっているかもしれない。故人のことを思う気持ちは十分にあるのに、それを行動で表わすことができない。そんなもどかしい思いをしている人は、きっと多いはずである。

電話を置いてから、私の思いはもっと広がっていく。親や連れ合いや、もしかしたら子などの肉親のお墓参りもできない人は、孤独な生活をしているに違いない。そうであるなら、依頼を受けて会いに行くことも、意味がある。話し相手になることも、人助けであろう。相手のことを知れば、墓参も意味のあることになる。

それなら一日にせいぜい一カ所か二カ所ぐらいしか、墓参はできない。介護施設にはいっている人ならば、それほどの料金を取るわけにはいかない。遠い地方に墓があることもあるだろう。交通費は実費として、掃除つき花つきで一回の代参の代金は……。

なんとなくそこまで考えた。もちろん私はその仕事をする余裕も気持ちもないのだが、空想が空想を呼び、小説の構想について考えているような気分になった。

その後、その友人から何度か電話があったが、墓地代参の仕事はまだ実現していないようである。実際にやりはじめてみると、宣伝をどうするか、いろいろ費用もかかるのであろう。実現するにしろしないにしろ、彼の行方をあわてず見守っていくつもりである。

彼の電話から、墓参に関する現代の問題も見えてきた。私は地方から上京してきて、今は東京都民となって暮らしている。父が死んだ時、分家なので新しくお墓をつくらねばならなかった。お墓はこれまでつくったこともなかったので、どうしたらよいかわからなかった。

幸い父が霊園に土地だけは買ってあったので、その点は助かった。実際は石屋にカタログを持ってきてもらい、選べば、それだけでよいのである。父が亡くなった時、私は母の希望はできるだけ受けとめることにした。墓碑銘は母の要望どおり私が揮毫した。墓石の値段もさまざまで差があって、どれでもまあ同じではないかと私は思わないわけではなかったが、母と相談して御影石の中くらいのにした。

ところが仕上がった墓石は、確かに私の書いた文字が刻まれていたものの、御影石ではなく、緑がかったなんとかという上等な石であった。私と母とが選んだ石とはまったく違い、値段もまったく違った。

「せっかくお墓をつくるんだから、これがいいと思って」

母はほんの少し申し訳ないという感じでいう。土壇場で母は注文を変更したのである。まわってきた請求書どおりに、私は代金を払った。その時に思ったことは、父への思いが母と私とでは違いがあるということだ。それが墓石の値段の差となって表われた。親不孝息子としては、そのくらいのことは黙って負担をした。

お墓への思いは、その人でなければわからない。もちろんそれは故人への思いだからである。だからこそ、いろいろな事情を抱え込まざるを得ない人生で、お墓参りができなくて悲しんでいる人も多いはずである。心のこもった代参は、必要なことであるはずだ。

新緑と母の喜寿

2000.7

母が喜寿の誕生日を迎えることになり、普段別のところで暮らしている私は、弟一家ともども母を温泉に招待することにした。そうすることに決まったのは、正月に母の家に私の一家と弟の一家が集まった時であった。

父が亡くなり、母はひとり暮らしをしている。長男の私は東京で生活をし、弟は母の近くで建築設計事務所を営んでいる。喜寿というのはつまり七十七歳で、母は老人だ。父が亡くなる前に近所のデイ・サービス・センターで世話になり、そのお礼の気持ちもあって今はボランティアにいっている。どこといって病気のところはないのだが、寄る年波は争うことはできない。

一方の私は、東京で妻の実家に住んでいる。母とすれば、私はさまよえる長男である。私にとっての義母、妻の母親は、老人性の病気でほとんど入院している。昭和二十年代前半生まれの私たちの世代は、親の介護という問題を多くの人が抱えている。昨年も弟の妻の母親が亡くなったばかりで、父親は八十歳を過ぎてひとり暮らしをしている。長年染みついた暮らしはなかなか変えることができず、その世代の男は自分がたとえひもじくともめったに台所に入らない。ビールとおつまみだけで夕食にしてしまったりすることもあるらしい。将来どうなっていくのだろうと、私たちも不安なことである。

塩原温泉に心やすい宿がある。母の喜寿の祝いの日、弟の車に乗せてきてもらった母は、東京からやってくる私や妻や娘より早く宿に着いていた。窓の下は箒川の渓流だ。いつもはもっと水が濁っているのだが、数日前にすさまじい雷雨があり雹《ひょう》まで落ちてきたということで、川は自然の力できれいに掃除がされていた。美しい流れに、心がやすらいだ。

「気持ちがいいねえ。先にお風呂をいただいたよ。急いで入ってきたら」

母は湯上がりの顔でくつろいだふうにいう。川の向こう側は広葉樹のしたたるような緑の森で、山桜が点々と咲いている。本当に気持ちのいい季節になったのである。季節がめぐるということは、年を取ることなのだが、やっぱり春は喜びだ。誰でもが持っている将来の不安など、五月の風が吹きさらっていくのだ。

緑の色が湯の面に染みている露天風呂に身体を沈めながら、来年もまた母や弟を誘って温泉にこようかと私は考えていた。新緑も、温泉も、人の心を慰撫する力がある。

お茶贅沢

2004.6

私の母はお茶飲みである。近所の人たちとしゃべりながらお茶を飲むということもないではないが、茶道具を傍らに置いて、いつでも好きな時にお茶をいれて飲む。

今年八十一歳になる母は、故郷で一人暮らしをしている。三年前の年末に脳血栓で倒れ、手足の先に多少の麻痺は残ったのだが、ヘルパーの力を借りてなんとか一人暮らしをしている。たまに顔を出した私に、必ず母はこういう。

「お茶を飲むかい」

子供の頃からいわれているような気がするので、私の返事は決まっている。

「うん、もらおうか」

湯を別の容器に移し換えて適温にし、急須に注ぐ。母のお茶のいれ方は適格で、いつもうまい。昔からお茶にだけは贅沢をしているのだそうだ。そういえばあまり裕福といえなかった昔も、お茶を買うのは宇都宮の繁華街にある老舗と決まっていて、子供の頃の私は指定された銘柄のお茶を買いにやらされたものである。

お茶屋に近づくと、ほうじ茶を炒った独特の香りがぷーんとひろがってくる。用もない時にもお茶屋の前を通るとこの香りを嗅ぐことができて、なんだか得をしたような気になってくる。

店内にはいると、香りはもっと複雑になる。私が母に告げられた銘柄を告げると、店員は大きな茶箱の蓋を開く。その時に、ああこの香りだと私は思うのである。どこをどうと説明はできないにせよ、いつも母が飲んでいるお茶であるということがわかる。

店員は茶袋をだし、中に息を吹き込んで広げると、茶箱の中に立てる。それからスコップのようなものでお茶をすくっては、こぼしながら袋にいれる。袋の底を掌にあてて、とんとんと打つと、お茶はうまい具合に沈んで袋の中におさまる。毎日こうして測っているから、目分量でも目方はわかるようだ。少しぐらい多くてもそのままで、足らなければ足す。袋の上を器用に丸め、こよりでうまく縛ってくれる。

ぎっしりとお茶が詰められているような袋だが、はいっと渡されると、意外に軽いのであった。表面がセロファン紙に包まれた細長いお茶の袋を自転車のハンドルの前の荷物籠にいれ、私はペダルをこいで家に帰ることになる。

茶筒に密閉していれておいても、家庭ではお茶を飲むごとに茶筒の蓋を開けるのだから、どうしても香りは抜けやすくなる。そこにいくとお茶屋はお茶の管理もしっかりしているだろうし、売られているお茶も新しい。つまり、どんどん売られているお茶屋で買うのがいいと考えられる。

買ったお茶を私が持って帰ると、母ははさみでこよりを切り、袋を開いてお茶の香りを嗅がせてくれる。

「買ったばかりのお茶ほどいい香りはないねえ」

感嘆した様子で母はこういい、開いた袋の口を私のほうに持ってきてくれる。私も空気を鼻から胸いっぱいに吸い込む。身体のすみずみまで清々しくなるようないい香りである。だがこの香りは空気中にどんどん逃げていってしまうのである。

母はお茶にはちょっとうるさい。お茶屋の娘だったからだ。母の父、私の祖父にあたる人は、銅山のある足尾に生まれた。鉱夫の組頭の次男だったのだが、長男は当時の満州にいって病いを得て、家を継がなければならない立場になった。しかし、生来病弱で、しかも片方の目が見えなかった。荒らくれものもいる鉱夫たちを束ねるには、少々器量が足りなかったとされている。結果的にはその妹が婿をもらって家を継ぎ、足尾に残った。祖父は宇都宮の今小路というところにお茶と海苔を商う店を出してもらい、山を降りた。母は宇都宮で生まれたのである。

お茶と海苔とは主に足尾銅山に納めればよいので、商売自体の苦労は少なかった。しかし、宇都宮で商売をしているということで足尾から親戚や友人知人がどんどん遊びにきて、家を宿泊所にし、芝居見物といえば切符を買ってやって弁当を持たせてやった。帰ってくれば宴会になる。結局は飲まれて食べられてしまったのだと、私は祖母から昔語りを聞いたことがある。

詳しい事情はよくわからないのだが、今小路のお茶屋はやっていけなくなり、祖父母は同じ宇都宮市内に引っ越した。私が知っているのは戦後で、お茶屋の面影はまったくなかった。ただお茶屋の娘だったという母の中に、お茶についての愛着が残っていることを感じるのみであった。

そもそも閉鎖社会である鉱山は何事にも贅沢で世間一般とはかけ離れた生活をしていた。足尾は山の中だから海の魚介類はないが鰻などはしょっ中食べていたという。お茶も海苔も、大正時代や昭和初期の時代は、高級なものだったのに違いない。母の中に残っているお茶への興味は、お茶が贅沢品だった銅山の雰囲気を伝えているのだろう。

母はお茶だけには贅沢を通すという、一点豪華主義である。昔風の人なので酒を飲まない母は、そのことだけを頑なに通しているようだ。老いて足が不自由になり、自分一人で買い物にいくことも容易でなくなった母に、私はせめて土産にお茶を持っていく。たまにもらいもので上等なお茶が手にはいったりすると、私は自分では飲まず、母のところに持っていく。そのお茶のよさを、母のほうがよくわかると思うからである。

私もお茶好きである。コーヒーや紅茶や蕎麦茶や玄米茶や薬草茶や、ゴーヤー茶やドクダミ茶や柿の葉茶やその他多様な中国茶を飲むことができる昨今ではあるが、私は日本茶のほうに帰っていく。母のように特に品質にこだわるという域にいるわけではないが、うまくいれられた日本茶を飲むと、いいものだなあと心から思う。

家で机に向かう時間が多い私は、せめてお茶ぐらいは贅沢してもよいのではないかと、母のような心境になっている。これも年をとってきたということなのかもしれないのだが……。

週に一度、電話の定期便

2003.7

妻の発案なのであるが、我が家では日曜日の夜になると必ず、故郷宇都宮の母に電話をする。私は不在の時が多いので、いきおい妻が電話をいれることになる。我が一家が東京にでてきてからの習慣であるから、かれこれ十八年間つづいているということになる。この歳月の間で、変わったことは多い。

まず父がなくなり、母が一人暮らしになった。その母が脳梗塞で倒れ、リハビリをして、なんとか一人暮らしができるまでに回復した。したがって、毎週の定期便の電話とは、大切なホットラインとなっている。私が電話をすると、まず母はいう。

「大丈夫だよ。変わらないよ」

この声を聞くと、まずは安心なのである。その安心のために、電話をしているといってもよい。

「そう。ずいぶん暖かくなってきたね」

「そうだね。新川《しんかわ》の桜が咲いたよ。ヘルパーさんといってきたんだよ」

母は最近あったことを話してくれる。年を取れば、身のまわりは静かで、ドラマチックなことも起こらない。無事がよいのである。その無事を確認のための電話なのだった。

「ヘルパーさんはいい人?」

「うん、いい人だよ。三人くるけど、みんないい人。市内の奥さんなんだよ」

「いい人はいいね」

こんな会話である。こう書くと浮き世離れしたような会話をしているようだが、今日も無事だということを確かめるための電話なのであるから、話にあまり濃い内容が含まれないほうがよいのだ。

そんなこちらの気持ちがわかっているので、母はまず最初に自分の無事を必ず伝えてくる。とにかくこちらを安心させる。年を取ってくると、毎日毎日を平穏無事に生きることが仕事となる。


ここまで書いて、私は自分できれい事をいっているようで、気がとがめてくる。妻がいなければ、ちゃんと電話をかけられるかどうかがこころもとない。母は私の母で、息子は永遠に息子であるからして、どうも甘えてしまうのである。いわば他人の妻のほうが、義母のことを考えてきちんきちんとやってくれる。私は妻に感謝しなければならないのである。もちろんそうなのだが、結婚して三十年もたてば、単なる義理立てというだけではなく、妻は心からやってくれているのだと思う。いわば他人と私は書いてしまったが、他人といったら妻に叱られるであろう。

先日も妻の発案で、お彼岸のお墓参りに母を連れていくため、宇都宮にいってきた。車で出発し、あいにく三連休の初日にあたってしまい、東北自動車道で大渋滞に巻き込まれてしまった。普段なら二時間もあれば着いてしまうのだが、四時間もかかってしまった。

電話だけではなく、時に母の顔を見れば、安心する。母のほうも、こちらの元気な顔を見て安心するのだ。ヘルパーさんがくるといっても一人でいる時間が多い母は、私と妻の顔を見るとしゃべりだし、なかなか止まらない。電話では話しきれないことを聞いてやるのも、息子のつとめなのであろう。

同じ市内に弟夫婦が暮らしているから、私は自分のペースで母と付き合うことができる。困って突然の呼び出しを受けるのは、どうしても弟なのである。東京に暮らしている私は、こちらのペースを守って生きることができる。そんな思いもあって、無事を確かめる電話を毎週日曜日の夜にかけるのである。

「もしもし、俺だけど」

私と知ってあっと喜ぶような感じが伝わり、少し間があって、母の声が響く。この間が、毎年少しずつ開いていくような気もする。

「大丈夫だよ。変わらないよ。元気だよ」

母はこういう。こうやってお互いの無事を確かめながら、一週間、また一週間と、暮らしていくのだ。

2005.3

父の原点

最近父のことをしばしば考える。昨年は父の十三回忌《かいき》で、母の希望もあり、故郷の宇都宮のホテルで親戚《しんせき》の人にきてもらってそれなりの供養《くよう》の会をした。私の兄弟は弟一人なのだが、弟と私の家族に母をまじえて小さな親密《しんみつ》な会をして父をしのぼうと思っていたのだが、母が親戚の人にいわれたこともあり、また母自身の希望もあって、それなりの大きな会になった。もちろん私はそれでよいのである。

母は故郷で一人暮らしをしている。数年前に脳梗塞《のうこうそく》で倒れ、どうにかヘルパーさんの助けを借り、デイ・ケア・センターなどのお世話になって、日常生活を送っている。東京暮らしをしている長男の私には、母のことが心配の種《たね》でもある。

一人母を残しているので、私はできるだけ故郷に帰るようにしている。帰ると、真っ先に仏《ぶつ》壇《だん》にいって掌《て》をあわせ、線香《せんこう》を立て般若心経《はんにゃしんきょう》を読んで、母を守ってくださいと父に祈る。

父と母は仲のよい夫婦であった。父が倒れてからは母は献身的《けんしんてき》としかいいようがないほど懸《けん》命《めい》に介護《かいご》をし、二人だけの閉鎖的《へいさてき》にも見える世界をつくっていた。子供でも近寄りがたい、夫婦だけしか理解し得ないような関係であったのだろう。それだけに、父が亡くなった後の母が心配だったのだが、家事のできる母は、むしろ負担が少なくなったとばかりに淡々とした生活をはじめた。表面的には安心ではあったが老いは間違いなく忍び寄っていて、ある日母は病《やま》いに倒れることになったのである。

母の前にいると、私は自分が子供だった頃のさまざまな思い出にひたる。月日の流れは早くて、明日に何があるかわからない。最終的に確実に待っているのは、永遠の別離《べつり》である。流れ去っていく時間は、どうにも止められないものだ。だから一生懸命に生きたい。

父が生きている間には、平凡な生き方に反発《はんぱつ》をした。しかし、私も五十歳代後半の年齢になり、父の生き方を考えるようになった。平凡が悪いとはまったく思わないが、父も母も安穏《あんのん》な生活を心から求めていたのだと今は思う。

父母は戦中派《せんちゅうは》で、青春期が戦争と重《かさ》なり、戦争を生きなければならなかった。そんな世代の人生を、小説家の私は書きたいと思うようになってきた。そろそろいいかなと思うのだ。戦後の平和な時代を健《けな》げともいえるひたむきさで生きた父のことを、私は何編かの小説にした。しかし、人生を本当に決定づけた父の戦争体験については、ほとんど周辺《しゅうへん》しか触《ふ》れていない。

最晩年《さいばんねん》、脳梗塞からはじまって、入院し、さまざまな合併症《がっぺいしょう》に苦しんだ父は、時にいささか錯乱状態《さくらんじょうたい》におちいった。自分がいるところが宇都宮か東京か、はたまた私の長男が当時いた北海道かわからなくなり、同時に幾つもの場所にいたことがある。それから、軍隊時代に過ごした旧満州《きゅうまんしゅう》にもいた。時に宇都宮の衛生的な病室に帰ってくることもあり、たまたま見舞《みま》いにいった私に、父はこんな風にいう。

「俺はな、軍隊にいたから、こんなきれいな病院のベッドの中とか、家の畳《たたみ》の上とか、そんなところで死んではいけないんだ。兵隊だったからな」

兵隊だったから、戦友が泥《どろ》の中で死んでいったように、自分も泥の中でのたうちまわって死ななければならないということなのだろうか。父の言葉はわかるのだが、わからない。わからないのだが、わかる。

父は戦後を生きのびて、長寿《ちょうじゅ》の晩年を生き、こうして清潔な病院のベッドの上で死のうとしている自分を、激しく責めているようなのだった。この父の心の原点は、少し距離ができるのは仕方がないものの、私の原点でもある。この道を私もともにやってきたのだとの思いがある。

私は父に本当に出会うために、父の青春を書くための心の旅に出ようと思っている。

守るに足る社会をつくる

2006.7

父は最晩年、入院先に訪ねていった私に同じことをしばしば言った。

「自分は兵隊だったから、畳の上とか病院のこんな清潔なベッドの上とか、そんなところで死んではいけない人間なんだ」

父の言う詳細はともかく、おおよそのことは私は大体わかる。ごく平凡な生活人だった父が、国家の名のもとにいやおうなく兵隊にとられ、戦場に送り込まれる。理性とはほど遠い軍隊生活も、また生命を投げ出さなければならない戦闘行為も、父にはたまらなく嫌なことだったようだ。やりたくもないことまで、兵隊としてやらなければならなかった。それが先程の言葉につながっていったのだ。

日本国家の国民ならば、愛国心を持たなければならず、酸鼻な戦場にもいかなければならない。拒否すれば、この社会で生きていけないほどの制裁を受ける。父にとって軍隊とはそのようなものだったはずだ。

関東軍兵士だった父は、満州からシベリアに抑留されるところを脱走し、引き揚げ者の一人としていわば難民として復員してきた。故郷の宇都宮に帰ると、結婚して間もない妻が待っていて、やがて私が生まれる。

働いたら働いた分がすべて自分と家族のものになり、納税の義務はあっても国家からは暴力をともなった制裁はない。平和ということを実感した父や母の戦後の解放された暮らしは、私にとっても小説のモチーフである。

家族があり、隣人がいて、地域社会があって、郷里がある。このゆるやかで温かな共同性は、人にとって必要なものである。この共同性は家族愛からはじまり、しだいに大きな輪を描いていって、やがて共同体としての国を愛する心を育てていけばよいのである。人が作った社会とはそのようなものだろう。

愛国心はもちろんあるべきであろうが、外から押しつけるものではない。心から湧き上がり、家族や隣人や地域や故郷を通して、自然に熟成されていくものだ。そのためには守るに足る社会をつくるべきで、そこからしか愛国心は生まれないであろう。

国家による愛国心の強制は、強制された恋愛のようなもので、むしろ反発を招く。これを守っていこうとみなが自然な気持ちになるような国になることが、まず先ではないか。

生と死の淵から

2006.5

母が脳出血で倒れ、私は病院に付き添った。深夜の病棟は他に物音もせず、母が酸素吸入で呼吸をする音ばかりが、病室には響いていた。

ＣＴスキャンの写真を見せてもらうと、出血は思いのほか大きくて、予断を許さない状態であった。

母は眠りつづけていた。医者の言葉によれば、患者本人は夢心地でいるということであるが、もちろん本人でなければわからない。母は死と闘っていた。安らかな顔だとはとても思えない。時折母は目を開き、長男の私に何かを訴えたそうな顔をする。酸素吸入やら点滴やらの治療をやめて、自然死のほうにすみやかに移行させておくれと、最後の力を振り絞って訴えているようにも感じるのだ。母はそんな思い切りのよい性格だった。

だがもちろん治療をやめることはできない。母がどんな気持ちでいようと、病院に連れてくればそれは治療をするということだ。そして、病院に連れてこないわけにはいかないのである。

時折目を開いてこちらを見る母に、私は静かに言葉をかける。

「管をとってほしいの。それはできないよ。できるだけのことは、しなければならないんだよ。

だから、頑張ってほしいんだ。お母さんに生きてもらうために、みんな努力をしているんだから」

こんな風にいいながら、返事ができない病人に向かって、私は一方的な考えを押しつけていることに気づく。本当は母がどうしてもらいたいのか、私にはまったくわからないのである。してもらいたいというとおりにできるとは限らないのだが、母の意志はどうなのかを知りたいと切実に思う。

生きることが大切である。生きてほしいと、みんなは願っていて、そのために努力をしているのである。しかし、その考えを死にゆくものに向かって押しつけているのではないかと、自分自身の行為を疑いもするのである。

生老病死は人の持つ真理の流れである。その流れに誰も逆らうことはできない。つまり、無事に生の側にとどめておくことは、結局のところ不可能だ。真理の流れに従順に生きるには、死を恐れないことである。そうはわかっていても、自分でそのようにできるかどうかは、私自身にもとてもわからない。

死という最終的な選択を自分の側に持つということはできないだろうかと、私は母の姿を見て考え続ける。つまり、自分はどういう死を望んでいるか、元気なうちに決めておくべきではないだろうか。できることなら、母の望むとおりに、息子の私はしてやりたい。

倒れて半月以上になるのに、母は意識不明の重体で、その容体に一喜一憂する日々がつづいている。私は無言の母の前で生と死の淵に立ち、立ちすくんでいるのである。

2006.3

頑張るつもりではあるのだが……

母が倒れた。三年ほど前に軽い脳梗塞をやっていて、懸命のリハビリの果てに、ヘルパーさんの力を借りてなんとか一人暮らしをしていた。私は母の暮らす宇都宮の家に、時間を見つけてはなるべく出かけるようにしていた。電話は必ず毎週かけていた。そうはしていても、老人の介護をするのは、近くに住むものに負担がかかる。近くにいる弟夫妻が、病院だ親戚付きあいだ買物だと呼ばれ、そのつど車を走らせていく。

結婚して東京に暮らしている私の娘が、おばあちゃんに電話をしているのだけれど、出ないからおかしいといってきた。すぐに妻がとんでいき、家がカーテンで閉め切ってあるのを見つけた。そのことを弟はもちろん把握していて、すぐに病院を手配していれた。歩けないために、緊急避難的に整形外科の一般病棟に入院させたのである。

なぜその時、私の母でありながら私が飛んでいかず、嫁である妻がいったのか。それは私には仕事があって、身動きがつかなかったからである。仕事をすっぽかすわけにはいかないのだが、いえばいうほどいいわけになる。妻から見れば、お母さんと仕事とどっちが大切なのということになるのだが、私とすればどっちも大切なんだと小声でいうより仕方ない。

その後、母はさる施設に収容してもらった。現在母はそこにいて、妻と私とがほぼ週に一度の割で顔を出し、弟夫妻は私たちが行かない時以外のほぼ毎日顔を出す。相変わらず近くにいるものに大きな負担をかけてしまっているのだ。介護はどうも矛盾の上にかろうじて成立していると、私は思わざるを得ない。

頑張るつもりではあるのだが……。

2006.11

明日母を見舞いにいこう

明日少し早起きして、宇都宮の母のところにいこうと思っている。母は脳出血で倒れ、危篤になってもう七カ月が過ぎた。私はできるだけ見舞いにいっているつもりなのであるが、危篤の緊張感があまりにもつづいているので、見舞いにいく回数が知らず識らずのうちに少なくなってきていたのである。そのことで、ある人に叱られた。その人は強い口調でこういった。

「あなたの今やるべきことは、旅行などすることではなく、できるだけ病院にいって、お母さんの手を握っていてやることでしょう。そうすれば、お母さんはどんなに安心するかしれないでしょう」

そのとおりであるのだが、いわれた瞬間はカチンときた。私の旅は、物見遊山というより、仕事なのである。取材をして文章を書いたり、集まりに呼ばれて講演をすることで、私は生活をしている。仕事をしなくなれば、母になるべくいい状態の医療をほどこしてやろうとする経済基盤は崩れてしまう。だがその人は、いい気になって講演などしていないで、母のそばにいなさいというのだ。いわれた時は、強い口調を向けられたこともあって、いい返してしまった。その人は看護師で、夜は一人で四十人もの患者をみているから、充分に手もとどかないということだった。その苛立ちを、私にぶつけてきたのかもしれなかった。

いわれたことが、どうしても私の頭を去っていかない。母のそばにずっとついていることなどできないではないかと思うそばから、その人の言葉にも一理あると思ってしまうのだ。本当に旅行などしている場合ではないかもしれないのだが、ずっと先まで約束が詰まっていて、身動きができない。もちろんすべて私が招いたことである。

そんな調子で悩んでいると、母の顔が浮かんだり消えたりする。なんとか頑張れば母のところにいく時間がとれるのだから、明日いこうと私はとにかく思ったしだいである。だが数時間いて戻ってくるにすぎない。私の悩みが解決したわけではない。

弁解はいくらでもできる。社会生活を営むためには、どうしてもしなければならないことがある。そのことをいいつのると、また母の顔が浮かんできてしまう。介護とはそのくり返しだ。葛藤は何も捨てようとしないことからくるとわかってはいる。

とにかく明日母のところにいって、声をかけても返事はないのだが、とりあえず会ってこようというのが今日決めたことだ。私を叱った人に感謝したい。もちろん私のささやかな決意を、その人に伝えることはできない。

2000 秋

親父

親父、この頃どうも親父のことを思い出していけない。

自分が印象に残っている親父の年に自分がなったためだろうか。親父はやさしい人で、自分の家族に対してばかりでなくて、接するすべての人にやさしかった。みんなが幸福にならないうちは自分も幸福になれないという風だった。あんなことはとてもできないと、私は思う。私が本当に若い時には、親父はもっと我をだして自分勝手に生きろと歯がゆかったけど、今の私は自分が我ばかりだしていると恥ずかしい。

生きていながら親父が怒りたいことがなかったとは思わないが、今から考えると、怒りをおさめる方法をよく知っていたのだね。いつも静かに笑っていながら、自己の内では激しい闘いがある。自分にはいくら厳しくてもいいのだが、人にはやさしくしてやる。それが男の生き方じゃないのかなと、親不孝を重ねてきた私が、今頃親父のことを考えて思っているよ。

人の生き方は、本当に難しい。やり直しがきかないのだから、信じる道をいくしかないのだけれど、すぐそばにいい手本がいたじゃないかと、この頃素直に親父のことを想うことができるようになったよ。

私もきっといい年になったということだね。

V

足尾に緑を育てる

子供時代の足尾の記憶は、美しい水ばかりだ

2004.9

渡良瀬川の上流域に位置する足尾は、銅山で歴史を刻んだ町である。私の母方は足尾に出自を持ち、叔父叔母が足尾に住んでいたので、子供の頃に私はしばしば足尾に行った。渡良瀬川は私にとってはきわめて親しい川である。

足尾の中心地の通洞《つうどう》で、私の記憶に最も残っているのは、水がきれいだったということだ。山の上から引かれた水が一度は大きな枡《ます》にためられ、高いところの家から低いところの家へと、順々に流れていく。渡良瀬川の伏流水ともいうべき水である。

どの家にもコンクリートの水槽がつくってあり、あふれた水が鉄パイプで次の家に導かれる。冷たくてうまい水がいくらでも流れてくるので、節約をする必要はなかった。蛇口があるわけでもないので、みんな出しっ放しであった。なんと豪快な水の使い方であろう。流れ出した水は、すべて渡良瀬川に流れていく。もちろん、水処理をして川に戻すということもしていなかったであろう。

水槽から長いブリキ管を伸ばせば、台所にも風呂場にも水を引くことができた。水槽の水は下の家に流れていくので道義として汚すことはしなかったが、スイカぐらいは冷やしておいた。

そもそもが銅山の開発にたずさわった金掘りの家であった。その後、芝居小屋の金田座などを経営し、叔父の時代には銅山の本体から離れて古物商を営んでいた。銅山の払い下げの金属類を主に商ってはいたのだが、一般の商家である。そんな家にも水は惜しげもなく引かれ、すべて無料で供給された。

鉱山労働者の長屋にいけば、もちろん水も電気も無料であった。長屋の真ん中にはあふれんばかりに湯の沸いた共同風呂があり、管理人が常駐しているわけでもなく、いつ誰がはいってもよかった。銅山の恩恵は、足尾に住む人すべてにもたらされたのだ。

足尾といえば、私はあふれんばかりの清らかな水の流れを思い浮かべる。街中に水の流れる澄んだ音が、いつでも響いていた。そして、街に寄り添って渡良瀬川が堂々と流れていたのであった。

足尾といえば草木一本生えていない恐ろしいハゲ山の備前楯《びぜんたて》山を思い浮かべ、渡良瀬川が下流一帯に鉱毒を運んで土壌汚染をした、日本最初の大規模公害である足尾鉱毒事件を連想する。だが、子供の私には、ハゲ山はいつも見ていたものの、鉱毒に関わる記憶はまったくといってない。足尾にはいってしまうと、鉱毒についてはよほど意識的にならなければ見えてこない。ただ渡良瀬川上流の小さくて平凡な美しい街にいるという感じであった。

昭和三十年代初めの頃の私の記憶に、こんな情景がある。朝早く表通りを大型トラックが数台列をなして源流のほうに向かっていく。荷台には根と土とがついた草が山盛りになり、その上に地下足袋《じかたび》をはいた作業員が乗っている。埃《ほこり》を立てて通り過ぎていくトラックを見て、叔父はこういうのだった。

「草を貼りつけても貼りつけても、流れるんだよ。ハゲ山があるかぎり、足尾の人には仕事があるなあ」

さしもの隆盛を誇った足尾銅山も斜陽となり、転業して人が足尾からどんどん出ていった時期である。渡良瀬川源流の緑化事業はこうしてはじまり、現在も続いている。私は「足尾に緑を育てる会」に参加してハゲ山に植林をしているが、こうした原点があるからである。

子供時代の記憶は美しい水ばかりだ。夏の日曜日には、私はよく叔父に川遊びに連れていってもらった。古河《ふるかわ》鉱業を除けば足尾の街に二台か三台しかなかったオート三輪車を持っていた叔父は、近所の子供といっしょに私も荷台に乗せていってくれた。

渡良瀬川本流は流れが激しく、深くて、水量も多いので、子供が川遊びをするにはふさわしくなかった。今から思うと鉱毒のことも大人たちの頭にあったかもしれないのだが、確証はない。そもそも水温が低すぎて、泳ぐことはできなかった。

オート三輪車の荷台で揺られていく時間は楽しく、そんなに短くはなかった。当時は川の名前は知らなかったが、おそらく庚申《こうしん》川、神子内《みこうち》川にいったのである。どちらも渡良瀬川の支流で、鉱毒を出す製錬所の影響からははずれていた。

岩を噛んで流れる水の清らかさを、私は今でもはっきりと思い出すことができる。大きな岩が多くて、子供が遊ぶのにちょうどよい淵がいくらでもあった。渡良瀬川の源流の一部を形成するこれらの水は、あまりにも冷たくて、十分間もつかっていると唇が紫色になって身体が震えた。人の営みに触れることのない水であった。水中には素早く泳ぐ魚たちがいくらでもいた。日本中のどの川でも同じように、本来の渡良瀬川は清澄きわまりない流れなのである。

2000.6

春の植林

春になって私たちがまずやる仕事は、足尾に木を植えることだ。私は「足尾に緑を育てる会」に参加し、雪が溶けて間もなく、木の芽も草も緑の色をまだださない足尾の山に、多くの人に呼びかけて毎年必ず植林にいく。私たちの呼びかけに、五百人からの人が集まってくれるようになった。

渡良瀬川上流の山々をはじめて見た人は、誰でも息を呑むに違いない。このあたりは木がないというだけではなく、表土もなくなっている。岩が露出した山々が、茫漠としてつづく。しかし、百年以上前には、このあたりは緑したたる山だったのである。そう聞いても信じられないかもしれないのだが、人の営みはかくも破壊的だ。

渡良瀬川は利根川の大きな支流で、つまり首都圏にとっては渡良瀬川源流は水源地にあたる。日本の近代百年は世界史の中でもめざましかったのであるが、陰の部分でどれだけ激しい自然破壊があったのかは、銅山のあった足尾に一歩足を踏み入れればわかる。

足尾銅山は明治政府の富国強兵の政策のうちの富国の部分を強力にになった、当時は世界でも指折りの銅山であった。銅山は性急に開発され、坑道の支柱や壁板、精錬のための木炭にするため、まわりの森林はたちまち乱伐された。燃料がコークスに変わっても製錬所が生産を上げるにつれ、煙突から亜硫酸ガスなどの有害ガスを大量にはいて、弱った草木を枯死に追い込んだ。そこに上流の村が野焼きをした火が燃え広がり、大山火事になった。上流にあった三つの村は、結局製錬所の煙によって地上から消滅してしまうのである。草木のなくなった山は、雨が降るたび表土を流す。その土砂は鉱毒を濃密に含み、渡良瀬川によって下流域に毒がまき散らされた。川のまわりから一種類ずつ生き物が死滅していき、汚染された農地には作物はほとんど育たなくなった。当然人間の生命にも危険がおよんだ。世にいう足尾鉱毒事件である。その足尾は私の母方の故郷である。

この荒野に営林署は何十年もかかってヘリコプターで肥料と種をまき、緑を回復させようとしてきた。私たちもボランティアで、土留めができている斜面に木を植える。草木一本生えていない急斜面は、土留めがなければ、一雨で流されてしまう。

砂れきまじりの土壌は、苗木のまわりに客土して植えなければならない。主催者の「足尾に緑を育てる会」ではもちろん苗木や腐葉土を用意するのだが、参加者には事務経費として千円をおさめてもらった上、苗木、土、シャベル、唐クワ、軍手、雨具、弁当を持ってきてもらう。

木を植えた後には充実感がある。百年たって壊した山なら、回復には百年以上かかるのである。こうして木を植えることが、ここ五年ほどの私の春の行事なのだ。私の春はここからはじまる。

2001.4

足尾に木を植える季節

田中正造大学の坂原辰男さんが毎年年末になると送ってくれる田中正造カレンダーを、私は自分の家の一番よく見える場所に張っている。二〇〇一年版は「謹奏」と題した、かの有名な直訴状がそのまま印刷されている。これを私は一年間かかって何度も読むことになるのだ。

渡良瀬川研究会の布川了先生のていねいな解説がついている。田中正造が明治天皇に直訴したのが明治三十四（一九〇一）年十二月十日、ちょうど百年前である。天皇の馬車のところにいく前に正造は転倒し、警護の近衛騎兵も馬もろとも倒れたので、だれ一人けがもしなかった。布川先生の説によれば、正造は殺されるか一太刀受けるかして世間に広く訴えようとしたとのことだが、その計画は失敗した。

正造は麴町署に連行され、午後七時半頃に釈放された。だが支援者の幸徳秋水が新聞社に働きかけ、直訴文はその二日後の新聞に一斉に掲載された。そのために、今日でも直訴状の内容を私たちは簡単に知ることができるのである。

直訴状では足尾鉱毒事件の被害状況を詳細に述べ、その回復の方法として、正造は次のように述べている。

「渡良瀬河ノ水源ヲ清ムルソノ一ナリ。河身ヲ修築シテソノ天然ノ旧ニ復スルソノ二ナリ。激甚ノ毒土ヲ除去スルソノ三ナリ。沿岸無量ノ天産ヲ復活スルソノ四ナリ……」

田中正造はこう語っている。自分は六十一歳で、老病迫り寿命もそう長くなく、自分のために直訴などをするのではない。身を捨てて訴えているのである。

「沿岸無量ノ天産ヲ復活スル」とは、全国各地で今しなければならないことであろう。水は汚れ、魚もすめない川になっていることは、みんなよく知っている。古い文献をひもとくと、足尾鉱毒事件以前の渡良瀬川は、サケが遡上し、アユや多くの魚が豊富で、川魚漁師という職業が十分に成立した。日本中の川が豊かになったら、この国の人の精神も変わるはずだと私は思っている。

私が田中正造の直訴状を百年後に改めて読んで、再度最も注目するのは、「渡良瀬河ノ水源ヲ清ムル」というところである。正造は山河を守るために生涯を捧げた人だ。その思想の根本は、治山治水ということである。水を治めるには、まず山を治めることだ。水源が荒廃していれば、雨が降ると保水力のない山からは鉄砲水がでて、下流は洪水となる。「水源ヲ清ムル」とは、水源地に保水力のある森をつくることなのである。

四月になれば、渡良瀬川の水源地の足尾に植林をする季節である。私たちが市民ボランティアとして「足尾に緑を育てる会」をつくり、植林活動をはじめて六年目になる。田中正造が明治天皇に直訴した百年前にも足尾の山はすでに荒廃していたのだから、私たちが本気になって木を植えはじめての六年間は、心細いほどに短い。だが六年分の成果は確実にあがっているのだ。

四月二十二日（日）午前十時三十分、大畑沢緑の防砂ゾーン駐車場、つまりいつものところに集合である。主催者もシャベルや土や苗木は用意するが、できる人は持参してほしい。もちろん私も前の晩の前夜交流会からでるつもりである。

足尾を緑にする

2005.12

NPO法人「足尾に緑を育てる会」をつくったことについては、実は三十年ほどの歴史がある。

三十年ばかり前、私は栃木県の宇都宮に暮らし、宇都宮市役所に勤めていた。栃木県にいると、明治三十年代頃に起こった足尾鉱毒事件について、身近に感じるものである。また私自身の母方は足尾の鉱夫で、私はこのことに強い興味を持っていた。小説家としては駆け出しとさえいえない初進の私は、いつか父祖の地の足尾の物語を書きたいものだと、見果てぬ夢のように考えていたのだ。

宇都宮で足尾に興味を持った人たちが集まり、「谷中村強制破壊を考える会」をつくった。足尾銅山から鉱毒を運ぶ渡良瀬川の洪水を防ぐため、一つの村をつぶして調整池がつくられたのだが、渡良瀬川の最下流にあったその村を、谷中村というのである。

「谷中村強制破壊を考える会」はバックアップの団体を持たない、まったくの市民ボランティア組織であった。ボランティアという言葉もない時代の、まったくの手づくりの集まりだったのだ。何をしたかといえば、足尾銅山から渡良瀬川流域、そして、強制破壊されて渡良瀬遊水地と呼ばれるようになっていた旧谷中村の、現在の記録を残そうとしたのである。やったことは、記録映画を撮ることだった。資金はみんなで出しあった。お金ができると十六ミリフィルムを買い、やはりボランティアで参加していてくれたカメラマンに渡す。カメラマンは身銭を切って撮影をつづけた。思いがけず大変な時間がかかったのだったが、長編ドキュメント映画「鉱毒悲歌」は完成した。編集をする資金の余裕がほとんどなく、つまり撮ったものを捨てることができず、ラッシュ・フィルムをつなげていったかのような、長い映画である。上映活動もたいしてできなかったものの、とにもかくにも一本の映画が私たちの手元に残っている。

会が一貫した活動をしてきたのかといえば、簡単にそうだとはいえないのだが、なんとなく活動が休止していたかと思うと、甦るように何か別のことをはじめたりもした。私は公害の原点といわれている足尾で、資料が散逸していくのを感じていた。時が過ぎていけばいくほど、人の記憶は薄れていき、資料に対する感覚も弱くなっていく。しかし、本当に必要なのは、人々が忘れていきつつある時代の確かな記録である。そこで足尾関係の資料の収集と保管の必要性を感じ、「わたらせ川協会」を設立したのだった。資料も少しずつ集めてはいるのだが、なにしろ資金がなければどうしようもない。

私たちは足尾や足尾鉱毒事件のことを勉強してきた。そこで必ずゆき当たるのが、田中正造という人物である。

田中正造は渡良瀬川流域の佐野の農家出身で、明治二十三（一八九〇）年に選挙にでて、帝国議会の議員になった。田中正造は鉱毒の被害に苦しむ人々の姿を目のあたりにし、政治家として被害民の救済に全力であたろうとした。まず帝国議会で被害農民の窮状を訴え、彼らを救済するためにも、足尾銅山の操業停止を訴えた。田中正造は強い正義感にあふれていて、演説の口調はいつも激烈であった。たとえばこんなふうである。

「民を殺すは国家を殺すなり。法を蔑《ないがしろ》にするは国家を蔑にするなり。皆自《みずか》ら国を毀《こぼ》つなり。財《ざい》用《よう》を濫《むさぼ》り民を殺し法を乱《みだ》して而《しか》して亡《ほろ》びざるの国なし」

人々を殺すことは、国を殺すことと同じである。法律を軽んじることは、国を軽んじることと同じである。自分の国を自分で駄目にしてしまうと同じことだ。国の財産の使い道を間違え、人々を殺し、法律を乱してしまえば、亡びない国はない。

田中正造は当然のことをいっているのだが、政府の側の人間は誰も耳を傾けようとはしなかった。時の政府の国策は富国強兵であり、鉄砲の弾や砲弾の材料となる銅を生産することは、最も重要なことだったのだ。そのために、少しぐらい民が苦しむのはやむをえないことだとしたのである。

田中正造の思想は、よく耳を傾ければ、まことに今日的である。徳川時代、人々は木をよく植えた。足尾に近い日光の杉並木は、なんの役にも立っていないように見えるかもしれないが、これも田畑をうるおす貴重な水源になっている。しかし、明治時代になってから、政府は森林の効用など考えもせず、森はただ材を供出するというだけの場所となっている。

渡良瀬川は、東京を中心とした首都圏に水を供給する利根川水系の、ひとつの重要な水源である。その渡良瀬川の水源地が足尾だ。足尾は水源地にもかかわらず、銅山開発のために山の木がどんどん伐《き》られた。坑道を掘り進めていくには、柱と板とが必要である。製錬には木炭が必要だ。そのために近くの山から木が伐られ、保水力もない状態になってしまった。雨のたび土砂が削られて流れ出す。泥水は低いところへと集中していき、やがて鉄砲水となって噴出する。しかもその泥は、水銀やカドミウムなどの重金属で汚染されている。汚泥が渡良瀬川によって激しく下流域に運ばれる。

下流域の農民たちは、山から流れてくる栄養分の豊かな水を、時には堤防を切って自分の田んぼに呼び込んだ。そうすれば三年間は肥料いらずだったのである。だが豊かな肥料分であった泥は、重金属に汚染されていたので、土壌汚染が起こった。作物は実らず、少し実ったものを食べると、たちまち水銀中毒になった。

田中正造の主張は、治山治水であった。水を治めるには、まず山を治めなければならない。源流域が荒廃していたのでは、洪水も発生すると主張したのである。現代でいえば、緑のダムの発想だ。

国会の演説で治山治水をいう田中正造の質問に対する、内閣総理大臣・山縣有朋《やまがたありとも》や伊藤博文の答弁は、判で押したように決まりきったものであった。

「質問の趣旨その要領を得ず、よって答弁せず」

何をいっているのかよくわからないから、答弁する必要はないというのである。国会に希望を失った田中正造は野に下り、明治天皇に直訴をするのだが、失敗する。その後、洪水を起こさないように逆流してくる水を留める遊水地をつくるため、谷中村が潰されることになった。渡良瀬川は利根川の支流で、利根川のほうがパワーがあるため水が跳ね返され、洪水となるのである。田中正造は村にはいって農民とともに反対運動をするのだが、結局のところ谷中村は強制破壊になり、田中正造は野に果てるかたちで死ぬ。

その田中正造がやり残したこと、治山治水を渡良瀬川源流で実現しようというのが、私たちが立ち上げたNPO法人「足尾に緑を育てる会」である。反対のための反対をするのではなく、実践活動として一本一本木を植えようというのである。

十数人ではじめ、みんなに呼びかけた。庭にあるなんでもいいから苗木と、スコップと、土と、弁当と、雨具を持ってきてほしい。きた人全員から、千円の会費をいただく。チラシをつくったりして、経費もいろいろかかるものである。最初は百五十ほどの人が、あんな山奥にもかかわらずきてくれた。人の善き心というものが身に染みた。

四月最後の日曜日に植林をしつづけて、十年たった。白茶化た岩山が、思いがけないほどに緑になってきた。その日は人が千五百人ほども集まってくれるようになったのである。もちろん私は自分の身体がいうことをきいてくれなくなるまで、この活動をやりつづけるつもりである。

2006.5

「百万本植樹」掲げ十一年

「足尾に緑を育てる会」が呼びかけ、足尾に植林がはじまって十一年たつ。毎年あまりにもたくさんの人が訪れ、植林場所となっている「大畑沢緑の砂防ゾーン」は人でごったがえすほどである。山も人で真っ黒になり、植樹活動は年々歳々さかんになっている。

そもそもの会の前身は、一九九五（平成七）年に結成された「わたらせ川協会」である。その後、幾つかの団体が集まって「足尾に緑を育てる会」が結成されたのだが、私は「わたらせ川協会」に参加していた。足尾鉱毒事件や田中正造に関する資料が、時がたつにしたがって散逸する。それらの資料を集めて後世に残そうという趣旨で結成されたのが「わたらせ川協会」であった。

栃木県出身の宇井純氏が主宰して、公害研究では一時代を画した自主講座「公害原論」が解散になるにあたり、そこにあった大量の文献の主だったものを継承するかたちで「わたらせ川協会」の活動ははじまった。現在もその活動はつづいていて、その拠点となる資料室は「足尾に緑を育てる会」の事務局と同居するかたちで、足尾市街地の通洞駅の近くに昨年オープンした。

もちろんそこに参加する人たちの思いはさまざまではあるにせよ、私は田中正造の思想を継承し、田中正造のやり残した足尾での治山治水の事業を実践したいと思ったのである。「足尾に緑を育てる会」会長の神山英昭さんは、当時は足尾町役場の職員で、私たちが宇都宮市内で勉強会のようなことをはじめると、はるばる足尾から車を運転して駆けつけてくれたものである。考えてみれば、もう三十年もの付き合いとなる。神山さんは足尾のために自由に活動できる立場を得たいということで、足尾町役場を早期退職した。

活動も試行錯誤の連続であった。「わたらせ川協会」が結成された年、有志が、現在植林をしている場所に桜を十本植えた。花見をしたいということが理由であった。しかし、その年の秋までに十本はすべて枯れてしまった。本気で植林をしなければ駄目だということになり、渡良瀬川上流下流の団体が五つ集まって「足尾に緑を育てる会」が結成されたのは、一九九六(平成八)年五月のことである。

この時の標語が「足尾に百万本の木を植えよう」ということであった。何気なくでた百万本という言葉だが、後にそれがどんな意味を持つのかは痛いほどわかるようになる。

私は最初の植林から参加している。苗も土もスコップも持ってきてほしい、できるなら千円を払って活動会員になってもらいたいという呼びかけだったが、交通の不便な足尾であり広報活動もそれほどできていなかったから、元々の仲間の十数人で植林をすればよいというイメージであった。ところが蓋《ふた》を開けると百六十人がきてくれた。会では苗が用意できなかったから、それぞれが持参した百本の苗木を植えた。それでも多くの人がきてくれて、私は涙ぐむほど感動したものだ。

それ以降、年々、植樹活動はさかんになり、植えた木の八〇％から九〇％は育ち、はげ山は目に見えて緑になっている。今年の四月二十三日、春の植樹デーには千三百人もの人がきてくれ、約四千五百本を植えた。この十一年で約七千人が参加し、約三万七百本の苗木を植えたことになる。

だが百万本まではまだまだ遥《はる》かな道のりである。二百年は軽くかかるという、気の遠くなるような大事業なのだ。

田中正造は何もかもを捨てるまで闘った

2008.8

明治十一（一八七八）年六月一日に県庁所在所であった栃木町で、栃木新聞が発刊された。だが経営が苦しくてたった五カ月で廃刊となった。当時の人々が新聞というメディアに慣れていなかったことと、漢字が読める人が少なかったからだ。

明治十二年八月二日、栃木新聞が再発刊される。その時の編集人が三十八歳の田中正造だったのである。本書『予は下野の百姓なり』（下野新聞社）には正造の筆になる論説「国会を開設するは目下の急務」がのっている。国内は不景気で、清国と対立しあるいは戦争になるかもしれない状況下で、国会を開設して人々に国政に参加する権利を与え、国民の心を一つにしなければならないと説く論説である。

「世の学者や議論を好む人は、だまって見ていられないので、なげき悲しみ、ぺらぺらと話してもどうにもなりません。国民の無気力から国の元気も振るわない。その原因がどこから来ているのか、心配し考えることもないようで、いつも、これは世の中の成り行きで仕方ないことだというだけです。」

百三十年ほど前の論説なのだが、まるで今日の世相をいっているかのようである。言葉は柔らかいが、なかなか鋭い。後の足尾鉱毒事件での激しい舌鋒と、国会の言論に絶望して明治天皇に直訴し、やがて野に下って谷中村にはいる正造の軌跡が、窺《うかが》えるようだ。

本書は図版を多用し、正造の生涯の軌跡と、栃木新聞から下野新聞と名をかえ今年創刊百三十周年をむかえた歴史ある新聞が織りなす歴史の軌跡とが、見事に編集されている。こんな本が編集できるのは、新聞社として部厚い蓄積があるからだ。

私はこれまで足尾や谷中村や鉱毒事件のことをずいぶん調べてきて、あっちの博物館、こっちの図書館とばらばらに見てきた資料や目録が多いのだが、その主なものも、あるいは未見なものも、こうして一堂に見られるのが何よりもありがたいことである。本書一冊で、田中正造という希代の人物がどのように生きてきたのか、またどのように死んだのか、イメージ豊かにわかるのである。

私は足尾で写真館を開いていた小野崎一徳が撮影した写真を主に展示する足尾歴史館で、強烈な印象をもたらした二枚の写真を見た。「小滝地区を視察する田中正造（明治三十二年三月十二日）」と、「本山・有木坑口前の坑夫たち（明治二十〜二十一年）」である。もちろんこの二枚も本書に収められている。

正造は足尾に来ていないという説がかつて強かったが、この写真はその説を見事に打ち砕いた。第三回予防工事命令から二年後、正造は農商務大臣や鉱山局長らと足尾を視察した。険しい目つきをした一行の中で、正造は厚手のコートを着て白っぽい帽子と長いマフラーを巻き、なかなかのお洒落である。この歴史の瞬間を、小野崎一徳は見事にカメラにおさめた。「本山・有木坑口前の坑夫たち」も、何かあれば火薬のように爆発しそうな、粗末な身なりの貧しい坑夫たちの群像が一心にカメラのレンズを見ていて、当時の空気がリアルに迫力満点に写しとられている。私の曾祖父は足尾銅山の坑夫であったのだが、物質的精神的な飢餓感に満ちたこんな面構えをしていたのだ。精神まで写しとるような映像だ。

国会議員を辞し、正造は鉱毒問題を一国民として明治天皇に訴えようとする。その直訴状は、当時万朝報記者の幸徳秋水が起草し、正造が実行直前まで加筆訂正をした。その直訴状はあまりに生ま生ましい。

谷中村強制破壊の後、仮小屋を建てて暮らす農民たちの写真がある。明治国家に向かって意志を貫きとおした農民たちだが、いかにも貧しい。

「無事でがしたか。無事でがしたか」

こういって一軒一軒の谷中村残留農民の仮小屋をまわり、一人一人の手を握って涙を流した正造の姿が彷彿としてくる。

私は佐野市郷土博物館の陳列ケースの前に立った時、知識として知ってはいたのだが、現物を見て涙が流れた。野に倒れた正造が残した遺品は頭陀袋一つで、その中には石ころ三個と、マタイ伝と帝国憲法の合本がはいっていた。この人は何もかもを捨てるまで闘ったのである。そんな感慨を呼ぶ写真もおさめられている本なのだ。大正二年十月十二日春日岡山惣宗寺で行われた本葬には、数万の人が参列した。

治山治水といい、足尾や渡良瀬川流域の山水を回復しようとした正造の遺志は、いまだになしとげられていない。私の仲間たちは田中正造のやり残したことをやりとげようと、「足尾に緑を育てる会」をつくり、鉱山開発で荒廃した足尾の山々を回復させるため植林をはじめた。そんな私たちの活動も、「未来へ　環境の世紀へ」として取り上げられているのも、ありがたいことである。

2007.12

足尾の桜

東京から足尾にいくには、浅草で東武電車に乗り、桐生でわたらせ渓谷鐵道に乗っていく。渡良瀬川に沿って電車が走っていく、眺めのよい鉄道である。

森初芳さんと会ったのは、その足尾であった。私は古い友人たちと銅山開発のために荒廃しきった足尾の山に植林しようとし、植林の日を決め、世間にボランティアを呼びかけていた。

足尾の山は表土さえも失われ、根底的に破壊されている。植林をするには、土を運ばなければならない。ガレ場を掘って、土をいれ、そこに苗木を植える。まず土を運び上げなければばならないことが、他の山の植林とは違うところである。

私たちの呼びかけは、庭の木でもなんでもよいから苗を持ってきてください、土を持ってきてください、スコップも自分の分は持ってきてください。その上、参加費千円いただきますというものだった。こんな呼びかけでは、誰もこないのではないかと不安だった。

ある日、植林予定地に田んぼの土が二台分積み上げてある。クヌギやナラやブナの苗がささっていた。名のるでもないので、誰がしたのかわからない。まるで日本昔話の六地蔵の恵みのような話だ。

後でわかったのだが、それをしたのが森初芳さんだった。少し後に、足尾の植林活動の象徴にしようと、大きな桜の木を職人たちと大型ロータリー車で運んでくれ、たちまちのうちに植えて去っていった。森さんはまことに爽快な男であった。足尾の植林の時期になるとその桜が咲く。

こうして私は森さんと知り合ったのだ。森さんは登山家で、栃木県勤労者山岳連盟理事で、山岳救助隊副隊長だった。植木屋をやっているが、冬の半年しか働かず、あとの半分はパキスタンのカラコルムあたりにいっている。カラコルムやヒマラヤの六千メートル級の山を幾つも登頂し、足の指二本と手の指六本を凍傷で失っている。

「仲間を遭難で失ったことがあって、遺体を氷河の中に埋葬したことがありました。その時はラッキョウのような涙が出て止まらなかったです。翌年本葬にいったら、二百メートルも離れたところに遺体が流されていて、荼毘に付して遺骨を持って帰りました」

森さんからはこんな話をよく聞いた。日本の山を知りつくしている森さんと、近くの日光の女峰山に私は案内してもらった。森さんは働く時には徹底して働くが、一年中あくせくすることはしない。途中で人生観を変えたということだ。

男体山のその奥にある女峰山は、知らないと登山道の入口もよくわからない。しかも道は険しく、山頂近くは四つんばいになって登るほどの厳しさであった。日光修験は男体山と女峰山と太郎山を巡る三峰五禅頂《さんぶごぜんちょう》で、春夏秋それぞれ踏破のコースが決まっている。あまりに厳しい難行のため、室町時代末期の天正年中（一五七三〜一五九一年）に中絶してしまったという。女峰山はいかにもやさしそうな名なのだが、実際に登ってみるととんでもなく険しい。しかし、山岳救助隊副隊長の森さんと登れば、安心であった。

再び森さんと登山をしたのは、茨城県最高峰の八溝山であった。東北新幹線那須塩原駅で待ち合わせたのに、森さんの姿が見えない。ようやくのこと連絡がついたのは、宿にはいってしばらくしてだった。森さんは別の日と勘違いをして、ここから百キロほど離れたところで仕事をしていたのだ。

「これからすぐいくから。二時間か三時間はかかるかもしれないけど」

電話口で森さんはこういった。今回はいいですよと私がいうと、約束だから絶対にいくといい、夜中に本当にやってきた。車を飛ばしてきたのだ。

翌日、私たちは予定通りに八溝山に登った。森初芳は信義に厚い友だ。

2008.10

足尾の森が紅葉した

秋というのは、植林活動にとっては休止期間である。したがって、私は足尾（現栃木県日光市）の植林の現場には秋も冬も足を運んだことはなかった。交通の不便な山奥なので、行くだけでも大変なのである。

ある時私の耳にこんな声が伝わってきた。

「紅葉が見事だよ。まわりが白茶化たはげ山だから、いっそうよく目立つ。一度来てみたらどうだい」

こう言ってくれたのは、「足尾に緑を育てる会」の地元のメンバーだった。彼は去年の紅葉を見ているのである。

半信半疑で行ってみて、驚いた。十三年前に植林した木が見事に育ち、見事に紅葉している。足尾に植林を始めて今年で十三年だが、十三年前と十二年前に植えた木が、目測で七メートルほどに育っていた。こんなに育つとは、正直思ってもみなかったのである。

周囲は乱伐によって保水力が失われ、表土さえもなくなった山である。また精錬所の出す亜硫酸ガスにより、草木も枯れてしまった。白茶化た山の色をして、季節柄草も枯れている。そのため赤や黄の紅葉はますます目立ったのだ。

紅葉など見慣れてはいるのだが、十年とちょっと前まではほとんど植物も生えていない状態を見ているので、その感動はひとしおであった。赤はモミジやカエデやウルシ、黄はブナやナラで、まわりに森らしい森がないので、余計に際立つ。本当に植林した木がここまで大きくなっているとは想像もしなかったことである。

「こんなにうまくいくとは思ってもみなかったなあ」

「八割以上は活着したろうなあ。ここまで大きくなると鹿も食べない」

「育ち始めると樹の力というのは強いものだ」

「来年は山桜も咲くかもしれないな」

「タラの芽も食べられるよ」

「サンショウはもう若葉が摘める」

私は仲間と浮かれたような気分でこんな話をした。足尾や地続きの日光（旧日光市）では、鹿が異常に繁殖している。足尾の植林のやり方の一つに、土壌をつくるために、牧草の種を肥料とまぜてヘリコプターでまいてきたところがある。それが鹿の増えた原因の一つだとされ、私たち「足尾に緑を育てる会」の植林活動が疑われているふしがある。

もちろんそれは誤解である。私たちは鹿の餌に供するために、広葉樹の苗を植林しているわけではない。鹿が来ると、葉はおろか樹皮までもきれいに食べられ、苗はたちまち枯れてしまう。植えても植えても同じことで、やってても意味のないことだ。

私たちは鹿除けのネットをしっかりと張り、植林地に鹿が入れないようにしている。ネットの内側は人も入れず、枝が乱雑に交差して、ジャングルの気配である。葉が落ち土ができて、草も生えている。その中に太い幹がすっくと立っているのだ。だから木もよく育つ。

ちなみに足尾や日光では、相変わらず鹿が増えている。奥日光の夕方の森にいくと、鹿が群れをなして走るのをしばしば見かける。森の下草は、草刈り機で刈ったようにほとんどない。たまに残っているのは、鹿が食べない植物である。

栄養が絶対的に足りないので、鹿は自分自身の身体を小さくして生きのびようとしている。そのため出産が遅れ、子鹿が冬を越すのが困難にもなる。しかし、ここのところ暖冬続きで、身体が埋まるほどの雪はまず降らず、鹿は無事に越冬する。地球温暖化が鹿を生きのびさせているのだ。

足尾の植林地のまわりは、少し前まで鹿の姿はほとんどなく、そのかわりにカモシカがいた。カモシカは牛の仲間の動物で、遠くから身動きもせずにじっとこちらを見ている。なんとなく何者かの視線を感じてそちらを見ると、崖の途中にカモシカがいたなどということは、普通であった。そのカモシカの姿が、ほとんどなくなった。増えてきた鹿の勢いに負けたのである。カモシカはもっと山奥の方に移動していったという話を聞いたことがあるが、私は見たことがない。

何はともあれ「足尾に緑を育てる会」は、植林した樹木は鹿に食べられないようにと、細心の注意を払っているのである。遮二無二木を植えてきたというわけではない。

先日、私はある人に手紙をもらった。ある銀行系の財団を通して、足尾の山に「目薬の木」を毎年四百本ほど届けてくれているのだそうだ。目薬の木は日本の固有種のカエデ科で、日本にしか自生しないということだ。今わかったことだが、私たちはそんな木で足尾の森を豊かにしているのである。

その人は足尾に植林に来たことがあり、年配の人たちが背負いのリュックに苗と土とを持って列をつくって山を登っている姿に、感銘を受けたということである。

「四月二十六、二十七日には全国から蟻がやってきます。蟻の運んだ土が山を変えようとしています」

手紙はこう結ばれている。足尾の植林は土がないところでやるので、他のどの場所とも違うやり方をする。表土もないガレ場の急斜面に登って行き、スコップで石をどかして穴を掘って担ぎ上げた土を入れ、そこに苗を植える。根を土で包んで植えるので、二重の手間がかかる。そうしなければ植林はできないのだ。

だがそれはガレ場に穴を掘っただけで、つまり植木鉢と同じではないかと批判もあった。根が一定以上の大きさになると成育は止まり、小さなままでいるか枯れるかというのだ。何人かの学者にそんな忠告を受けた。

私たちは他にできる方法もなかったので、最も基本的なやり方をした。他にもポットに植えるやり方や、腐食する樹脂で苗全体を包むやり方や、粘土団子をつくって中に種を入れるやり方や、それぞれのやり方がいいと信じる人にはその通りにやってもらった。植えるところはいくらでもあるのだ。また売り込みもあり、予算をどこからか持ってくれれば足尾は完全に緑になると営業をされたこともある。いろんな考えの人がいることを、私は知ったりもした。

私たちは自分たちができる基本的やり方に徹した。その思いが天に通じたのである。誰でもやれる方法だから人も集まり、苗や資金の援助もある。

「心に木を植えよう」

最初から私たちはこう訴え続けてきた。植林前のセレモニーでは、私はトラックの荷台の演壇に立ち、ハンドマイクでいつもこのようにあいさつをする。実際の樹木がここまで育ったのだから、それは目によく見える。同時に心に植えた木も、しっかりと大地を踏みしめて立っているということだ。足尾に樹を植えてきた活動も、ようやく実ってきたのである。

家族で最初に植えにきた小学一年生の子供がいつしか二十歳過ぎの青年になったということである。樹の育ちも早いが、子供の成育も負けずに早い。心に植えた木は森になり、今年もたくさんの家族やグループが植えに来てくれた。

VI

歌と詩へ

紫草と万葉集

2003.7

万葉集の花といえば、紫草《むらさき》がまず思い浮かぶ。額田王《ぬかたのおおきみ》ははじめ大海人皇子《おおあまのみこ》にめされて十市《とおち》皇女《ひめみこ》を生むが、後に天智天皇にめされた。大海人皇子は天智天皇の皇位継承者とされているものの、天智の晩年に天智の子の大友皇子との対立が生じ、吉野に逃がれた。後に壬申《じんしん》の乱が起こり、これに勝利して即位し、天武天皇となった。

どうもこのあたりの人間関係は猥雑である。大海人皇子の妻の額田王を、天智天皇がとってしまったということである。額田王は万葉集に作品が十一首載っている万葉歌人である。漢詩に対して和歌をつくろうとし、反歌をはじめて試みた。

万葉集には、このように載っている。

天智天皇が近江国の蒲生野《がまふの》に遊猟した時、額田王が作った歌

あかねさす　紫野行《むらさきのゆ》き　標野《しめの》行き
野守《のもり》は見ずや　君が袖振る　　額田王

皇太子《ひつぎのみこ》（大海人皇子）が答えた歌

紫草の　匂《にほ》へる妹《いも》を　憎くあらば
人妻ゆゑに　我恋ひめやも　　　大海人皇子

額田王の歌はこうである。紫草がいちめんに生えた野をいき、はいってはいけない標《しるし》のついた御料の野にはいり、あなたが袖を振っている。野守に見とがめられないだろうか。

大海人皇子の返歌はこう解釈できる。紫草の色が映えるような、匂い立つばかりの君よ。人妻なのに、お前が憎いのだとしたら、私はこんなに恋い焦れはしない。

道ならぬ恋をしている二人の、権力者の目をかすめた激しい恋を歌っているともいわれている。その情景に、紫草はよい雰囲気をそえている。紫草は紫ともいい、ムラサキ科の多年草である。五十センチほどの高さになり、日当たりのよい草地に自生する。夏に白い小花をつける。したがって、紫色の花の中にいる情景を想像すると誤る。

紫色をしているのは、根のほうで、紫根という。紫根染めは、この根を染料として染めた布である。深味をたたえた色がまことに美しい。かつて南部藩などでは領内に自生していた紫根を特産品としていたが、最近では自生のものはほとんどなく、わずかに栽培されるばかりだ。根は、解毒剤、皮膚病の薬ともなる。万葉集の時代には近江国のあたりにも大量に自生していたかと思うと、自然の豊かさに目を見張る思いがする。

万葉集にとられた歌は、天智七（六六八）年五月五日に、天智天皇、大海人皇子、諸王、諸大臣、群臣がしたがった蒲生野で薬猟《くすりがり》をした時につくられた。秘められた恋をひそかに語りあった歌であるとされているが、天智天皇を前にした宴会でのあけっぴろげな座興の歌であるともいわれている。そのように解釈すると、「君が袖振る」は大海人皇子が舞っている姿とされる。「野守は見ずや」はもちろんフィクションではあるが、野守は身分が低いので皇子の舞い姿は見ることができないであろうという意味に、とってとれないこともない。

大海人皇子の歌はまっすぐである。すでに中年になった額田王の場馴れした歌に、真情を吐露するような歌をつくるところに、大海人皇子の技巧を超えた大きさがある。歌の表面だけを見ていると、悲恋が歌われているのであるが、宴席でたくさんの人のいる前での座興と考えれば、大人っぽい言葉遊びの雰囲気がある。二人の関係をよく知っているまわりの人たちは、拍手喝采したであろう。

この場の雰囲気をつくっている紫草は、紫色の花をつける露草《つゆくさ》とは違う。露草は朝露がでている時にだけ咲き、昼にはしぼんでしまうが、紫草はもっと強くてしたたかである。

桜のはかなさ

2005.4

桜といえば、私にはすぐに思い浮かべる和歌がある。万葉集十六にある桜の歌だ。

春さらば挿頭《かざし》にせむとわが思《も》ひし
　桜の花は散りにけるかも

誰が詠んだかわからないこの桜の歌には、背景がある。よく知られた桜児娘子《さくらこおとめ》伝説である。桜児は二人の男に愛されていた。二人の男は激しい恋あらそいをし、間にはさまれて少女は苦悩していた。少女は苦しんだあげく、とうとうひとつの結論に達した。自分が死んでしまえばいいのだ、と。

桜児は咲き誇る桜の枝に綱を掛け、首を吊って死んでしまった。歌の意味は、咲いている桜の枝を髪に挿すと、自分が想っていたあの少女のことがしのばれるというのだ。

恋あらそいの間にはいり、その原因を断つために自死を選ぶとは、一種の短絡である。あまりにも幼い結論であるといわなければならない。そうではあるのだが、少女の名は桜児といい、死んだのが満開の桜のしたというところに、理不尽ながらも納得させられてしまう何かがある。それが日本人にとっての桜ということなのだ。

「散りにけるかも」というのは、「死んでしまった」という意味である。つまりあんなにも満開だった桜なのであるが、たちまち散ってしまうということだ。

万葉集の時代は、まだ仏教思想が社会の中心にあるわけではなく、無常感はでてこない。しかし、桜というのは無常思想が現われる以前から、無常を感じさせていたのだ。桜は散ることによって移ろいゆき、人も死によって移ろっていく。どんなに楽しい時でも、また、苦しい時でも、長つづきはしない。

そうではあるのだが、桜が咲くたび、つらい恋から身を引いて死んでいった少女を思い出し、時の流れを知るのである。

この万葉集の歌でもわかるように、日本人の桜に向かっての感性というのは、早くにつくられたのである。桜が咲くと、心が騒ぐ。その騒然たる心の揺れは、中世に至って絶頂に至る。その絶頂を歌ったのが、西行法師のあまりにも有名なこの歌である。

願はくは花のしたにて春死なん
　そのきさらぎの望月のころ

花はもちろん桜である。如月《きさらぎ》は陰暦の二月で、陽暦では四月で、まさに桜の季節である。西行は満開の桜のしたで死にたいといっているのである。しかも、満月であったらさらにいいというのだ。浄土思想のゆき渡った時代であり、これが西行にとっての極楽往生の究極的なイメージであったのだろう。

死は誰も逃れることはできないのであるが、できることなら最高の死に方をしたい。それは満開の桜の下という、美的な感興にあふれたところがいい。実際西行の死は建久元（一一九〇）年二月十六日、桜の花びらが吹雪のように舞う最中のことであった。

この歌は、死にのぞんでの辞世の歌というのではない。まだ、元気なうちに、自分の死についての希望を歌ったものだ。だからこそ、余裕というものが漂っていて、そこに普遍的な気分が生じている。

西行は桜に魅いられ、たくさんの歌を残している。それはたいてい花が散る歌である。桜が咲き、夢心地にいるのも一刻で、やがて必ず散っていく。それはまるで人生のようではないか。

死と桜とを結びつけた西行のこの歌は、後世にはかり知れない影響を与えた。もちろん日本人の心に桜と命のはかなさとを結びつける感性があったからこそ、西行はこの歌を詠むことができて、私たちも感動することができるのだ。はかないからこそ、今ある命は尊いのである。

迷いの末にたどりついた冴え冴えとした境地

2005.4

西行《さいぎょう》は俗名を佐藤義清《さとうのりきよ》という。僧名は円位《えんい》、号が西行である。元永《げんえい》元（一一一八）年に佐藤康清《やすきよ》の嫡男《ちゃくなん》に生まれ、母は源清経《みなもとのきよつね》の女《むすめ》である。平将門《たいらのまさかど》の乱を平定した藤原秀郷《ふじわらのひでさと》（俵藤太《たわらのとうた》）の子孫であり、武門の家格といえる。

佐藤義清は十八歳で北面《ほくめん》の武士となり、鳥羽《とば》院に仕えた。二代前の白河《しらかわ》法皇の時代に、院の警固のために設けられたのが北面である。北面の武士となるためには、武道にすぐれ、詩歌や管絃《かんげん》をよくし、容姿も美しくなければならない。男色がさかんな時には、院のお目がねにかなうと、枕席にはべることもあったという。もちろん西行が男色であったということではない。

佐藤義清は潑剌《はつらつ》とした若武者であった。その前途のある若武者がなぜ出家遁世《しゅっけとんせい》したかということについては、謎である。

「西行物語」にはそのあたりの事情が書かれている。ある日鳥羽院に召された佐藤義清は、十首の和歌を一日のうちに詠《よ》んで御所《ごしょ》の障子《しょうじ》に書き奉《たてまつ》り、あさひまろという剣を褒美《ほうび》にいただいた。同時に待賢門院《たいけんもんいん》の方へも召され、御衣《みぞ》を頂戴《いただ》くと、家族は喜び本人は絶頂の思いであった。その夜、北面の武士の同僚の佐藤憲康《のりやす》と退出し、明日はきらびやかな衣をまとって出仕しようと約して別れた。翌朝憲康の館にいくと、殿がなくなったと大勢の人が門前で騒ぎ、十九歳の若妻と七十何歳かの老母が嘆き悲しんでいた。その時に世の無常をさとったとされる。

越えぬれば又もこの世に帰りこぬ
　死出の山こそ悲しかりけれ

わが宿は山のあなたにあるものを
　なにに憂《う》き世を知らぬ心ぞ

友の死によってこの世のはかなさを知ったことが、出家の動機であるとされる。その一方、「源平盛衰記《げんぺいせいすいき》」には、西行が発心《ほっしん》した原因は恋ゆえであるとしている。申すも恐れ多い高貴な女人と深い仲になり、「阿漕《あこぎ》の浦ぞ」といわれ、その恋をあきらめて出家したというのである。「伊勢《いせ》の海阿漕が浦に引く網も度重《たび》なれば人もこそ知れ」からきていて、逢瀬《おうせ》を重ねていると人の目についてしまうということである。つまり、高貴な女人に袖《そで》にされ、世をはかなんで出家遁世したという。その時の心境も歌われている。

知らざりき雲居《くもゐ》のよそに見し月の

かげを袂《たもと》に宿すべしとは

雲居の向こうに見る月のような高貴な人への思いはとどかず、袂に涙がたまった。その涙に高貴の女人の影を宿すとは、思いもかけぬことであったというのである。雲居とは、宮中や宮廷のことである。その思い人は待賢門院璋子《たまこ》とされている。璋子は白河法皇の寵妃《ちょうひ》の祇園《ぎおんにょう》女御《ご》の養女で、璋子を愛するあまりに法皇は手をつけた。やがて璋子は白河法皇の孫の鳥羽天皇の中宮《ちゅうぐう》になる。だがその後も璋子と白河法皇の関係はつづいていく。鳥羽天皇の長男の崇徳《すとく》の父は、祖父にあたる白河法皇であるという。性的放恣《ほうし》の関係がつづいて鳥羽と崇徳は深刻な対立をするようになり、保元《ほうげん》の乱へと発展していく。

璋子は義清より十七歳年長である。たとえ璋子がどんなに魅力に富んでいようと、若き北面の武士にとっては道ならぬ恋であった。この恋によって西行は無常を知ったのだと、「源平盛衰記」の作者は説くのである。

そらになる心は春の霞《かすみ》にて
　世にあらじともおもひ立つかな

西行出家直前の歌であるとされている。春の霞のようにあわあわとして空虚な心から、もうこの世にはおるまいと強い決意になっていく激しさが、いかにも西行風である。

佐藤義清は出家をして西行と号した。二十三歳の時である。出家をしようとした義清がまず鳥羽院に奏上《そうじょう》し、家に戻ると、四歳の娘が狩衣《かりぎぬ》の袂にすがりついてきた。「西行物語」にはこのように書かれている。

「父のおはしますうれしさよ。などや遅く御帰りある。君のお許しなかりけるにや」

この時、義清は煩悩《ぼんのう》の元は断ち切らなければならないとして、娘を縁の下に蹴落としたとされている。出家の決意が固いことを表わすエピソードであり、誇張《こちょう》されていて、事実であるかどうかはわからない。

先に引用した「そらになる心は」というところに、西行の出家の心理的要因があるとも思える。心は春の霞のようにふわふわと身体を離れているのだが、身体のほうはまだ俗界につなぎとめられている。そのつなぎとめる力を断ち切るためには、娘を縁の下に蹴落とすほどの力が必要だったのであろう。

俗世間の絆《きずな》を一気に断ち切ることができたら、どんなに清々《すがすが》しいことであろう。私たちはしばしばそのように夢想するのだが、実際には何もできない。だが激しい決意を断行したかに見える西行の心も、おどおどして頼りなかったのである。「山家集《さんかしゅう》」にある次の二首は、そのあたりの心理をよく物語っている。

捨てたれど隠れて住まぬ人になれば
なほ世にあるに似たるなりけり

世の中を捨てて捨て得ぬ心地して
都離れぬわが身なりけり

あれほどに望み、愛娘《まなむすめ》を蹴落としてまで出家してはみたのだが、完全に俗界を去って深山に隠れたのではなかった。東山《ひがしやま》や嵯峨《さが》という郊外で、都市の周辺に庵《いおり》を構えている。そこにあるのは厳しい仏道修行ではなく、時代の風潮である耽美《たんび》的な隠遁《いんとん》である。憧憬《しょうけい》によって出家遁世したのである。こんな気持ちで捨てられるほうはたまったものではないが、母と娘もこれを人生の転機とし、ともに出家したとも伝えられている。

和歌を残しているから、西行のこんな微妙な心の震えをも感じることができるのだ。どうもはじめの頃の西行は、出家遁世に憧れて流行を追うように実行したとも感じられる。もちろん人はそのようにしか生きられない。はじめから完成した人などはいないのである。この耽美性に向かって傾斜していくのが西行の生き方なのだ。隠者に徹することが、どうしてもできないのである。

京都郊外での不徹底な隠者の暮らしを、いわばモラトリアムというべき期間を過ごした後、二十七歳の西行はその百年前の能因《のういん》法師の歌枕の地を訪ねて旅に出る。西行の約五百五十年後に松尾芭蕉《まつおばしょう》が「奥の細道」の旅に出るようにである。西行が奥州で日本の風土を発見していったように、芭蕉も自らの俳諧《はいかい》の蕉風《しょうふう》を発見し完成していく。旅は人間を育てるのである。「山家集」には、その時の西行の心の動きがよく見てとれる。

みちの国へ修行してまかりけるに、白川《しらかは》の関に留まりて、所柄《ところがら》にや、常よりも月おもしろくあはれにて、能因が「秋風ぞ吹く」と申しけん折、何時《いつ》なりけんと思ひ出でられて、名残《なご》り多くおぼえければ、関屋の柱に書きつけける

白川の関屋を月のもる影は
　人の心を留《と》むるなりけり

奥州へ旅することが修行だといっていることが、おもしろい。都の周辺でしか過ごしてこなかった西行にとっては、確かに人生の修行というべきものであったろう。そのような緊張した心持ちで見る月は、いつもと違って深い意味を持ってくるのである。こんなにもものあわれを感じるのは何故なのかと、西行は問うている。

歌意は、白河関《しらかわのせき》の建物に洩《も》れてくる月光は、人の心を引きとどめる力があるというのである。月は同じ月で、都で見る月も変わらないのだが、西行の心が少しずつ深まってきたのである。旅に捨身《しゃしん》し、これまで知らず知らずのうちに身に着けていたものを一枚ずつ脱いでいく方法を、西行はつかみはじめていた。そして、その方法は後の世の数々の詩人へと受け継がれていく。元禄《げんろく》時代の芭蕉もその系譜に連らなる。

十月十二日、平泉にまかり着きたりけるに、雪降り嵐激しく、ことの外《ほか》に荒れたりけり。いつしか衣川《ころもがは》見まほしくて、まかりむかひて見けり。河の岸につきて、衣川の城しまはしたる事柄《ことがら》、やう変りてものを見る心地しけり。汀凍《みぎはこほ》りてとりわけさびしければ

とりわきて心もしみて冴えぞわたる
　衣川見にきたる今日しも

ここで西行は破調もかまわずに歌っている。冬の凜冽《りんれつ》とした激しさが、歌の定型をも突き破っている。一族の地の奥州平泉で、雪嵐の激しい、荒涼たる風景に立ち向かう気迫で、衣川を見る。「やう変りてものを見る心地しけり」とは、人と人との関係などに煩《わずら》わされるのではなく、真正面から風景を見るという態度を、今ようやく知ったというのである。

冴《さ》え冴《ざ》えとした心を知った西行の歌は、このあたりから言葉の底へと沈潜《ちんせん》していく力を持つのである。

2004.12

西行と遊女

私の机の上に一冊の本がある。判型は文庫判だが、本文が千ページを超える厚い本で、函にはいっている。この『謡曲物語』の著者は和田萬吉、明治四十四年に冨山房から刊行されたものの復刻である。白竜社という小さな出版社を興した私の友人の齋藤達也君が、心で復刻したという本だ。

謡曲がなんの説明もなく載っているこの本を、私は時折開いて読む。謡曲は謡うものであり聴くものであるというのは百も承知なのだが、私のような能の初心者は、文字で読む謡曲に当時の人々の思想がありありと感じられ、心地よい。

観阿弥作と伝えられている「江口」は、謡曲中でも最も有名であろう。謡曲の作者が先人の歌を自由自在に使い、歌の作者が思いもかけない世界を構築していくところがおもしろい。もっとも平安末期から鎌倉はじめという時代に生きた西行にとって、能や謡曲は想像することもできない世界である。
西行は摂津（大阪）の天王寺に参詣にいくのだが、雨に降られ、遊里の江口に宿を借りる。桓武天皇の時代に掘られた運河の神崎川が、淀川と合流するあたりに、江口の里はある。西行の時代には天下第一の遊楽地であった。藤原道長が名妓小観音を愛し、頼道がやはり名妓の中君を寵愛したのは有名な話である。
「新古今集」に西行は江口で雨宿りを求めたが、宿を貸してもらえなかったとはっきりと書いているから、僧として遊里にいくということは別に恥というわけでもなかったのだろう。そこで西行は「新古今集」にとられた歌を詠んでいる。

世の中を厭《いと》ふまでこそ難《かた》からめ
　仮の宿《やどり》を惜しむ君かな

世の中をいとって出家するのは難しいものです。それなのに仮の宿りを惜しんでいるあなたは、なんとつれない人でしょう。こんな意味の歌を西行が詠むと、「遊女妙《たえ》」と「新古今集」に記されている女性が、見事な返歌をする。

家を出づる人とし聞けば仮の宿《やど》に

心とむなと思《おも》ふばかりぞ

出家をした人と聞けば、仮の宿に心をとめるということはないと思い、それでお断りしたのですよ。遊女はなんとも機敏に返したのである。遊女の歌を西行が書き留めたからこそ、「新古今集」にもとられ、今日にも伝わっているのだろう。歌を書き留めたからには、西行はそのまま帰っていったのではなく、なんらかの交渉があったと考えるべきだ。もしくは両方とも西行の作ということであるかだ。

その先の空想は、当然人によって分かれるであろう。観阿弥の空想が、謡曲「江口」なのである。「江口」では西国に向かう旅僧が、夕方江口の里に着いて西行の歌を口ずさんでいると、美しい女が現われる。その女が江口の君の幽霊であると同様に、旅僧はその昔江口の里に寄った西行であるといってよいだろう。やがて遊女は普賢菩薩となり、舟は白象となり、光とともに白雲に乗って西方に飛んでいく。登場するすべては、西行の魂のドラマである。

この派手な場面も、能舞台では普賢菩薩になりきったシテが、右手を軽く上げるだけである。それだけで西方浄土が出現する。

謡曲「江口」では迷悟《めいご》の境《さかい》が語られる。

凡《およ》そ人世の波瀾《はらん》は皆仮《みなかり》の宿《やど》に心を留《と》むる故《ゆえ》なり。執着心無《しゅうじゃくしんな》ければ浮世も無く、浮世無ければ人慕《ひとした》わしということも無く、待つことも無ければ別《わかれ》も無し。沉《いわ》んや花紅葉《はなもみじ》の色《いろ》、月雪《つきゆき》の眺《ながめ》など、心に留むるまでもあらずとなり。

西行が慕ってきた人も花も紅葉も月も雪も、執着があるから心に留まるのですよといっている。煩悩即菩提《ぼんのうそくぼだい》、迷いの中にこそさとりはあるということである。「新古今集」のたった二首の歌からこのような心の深淵を見せてくれる謡曲の作者の手腕は、なんとも熟達というほかはない。

2009.10

旅の中に捨身する

生涯芭蕉は結婚もせず、おそらく快楽の巷《ちまた》に沈んだこともなく、泥酔するほど酒を飲んだ気配もない。では芭蕉は何を人生の目的としていたのであろうか。

私は芭蕉は文学者として徹底して生きようとしたのだと思っている。芭蕉の文学とは、連句の発句を俳句として独立させ、芭蕉独自の蕉風というものを確立することであった。文芸の一つのジャンルといってもよい独自の作風を打ち立てようとしたのである。では蕉風とはいったい何なのか。芭蕉とすればいまだこの世に存在しない文学を求めていたので、問われても説明のしようもなかったろう。

蕉風を定義するのは困難なので、『広辞苑』の解説をひいてみよう。

しょうふう【蕉風】芭蕉とその門流の俳風。さび・しおり・細み・軽みを重んじ、幽玄・閑寂の境地を主とし、形式は必ずしも古式に従わず、殊に付合は余情を含んだ匂付（においづけ）を尊重するなど、貞門・談林風に比して著しい進境を示す。正風。↓古風・談林風

蕉風が確立してからの学者による定義ではこのようになるのだが、蕉風をめざしていた芭蕉自身としては、こんな感じというぼんやりした方向性しかなかったはずである。

芭蕉は寛文十二（一六七二）年、二十九歳の時に、京都で出会った江戸本船町の名主小沢卜《ぼく》尺《せき》にともなわれて江戸に出たとされている。卜尺は貞門《ていもん》の俳人である。本名ははじめ小沢友治郎といい、後に太郎兵衛といった。卜尺の俳号は、小沢という文字の右半分だけをとったのである。こんなところに貞門俳諧の家風が感じられる。実際の作品は次のようだ。

秋の雲は富士をいろいろになぶりけり

言葉遊びによる滑稽味は感じられるが、それだけのもので、言葉の表面以上の深さが表現されているわけではない。

芭蕉は卜尺の紹介で神田上水の水道修築の役人になったとされ、後に李白《りはく》にならい桃青《とうせい》を名乗って俳諧師となる。李白はスモモの熟さない白い実であるから、それをもじってモモの熟さない青い実と自らをいったのだ。

談林派の開祖は西山宗因《そういん》である。談林俳諧は、和歌や連句の雅に対し、滑稽を主な手法とする俗な文芸である。自らは虚になって、滑稽の中に遊ぶ。宗因の作品はこんな風である。

君となら此酒樽《このさかだる》も呑ほさん

一寸さきは名もたたばたて

軽みというより存在自体が軽い宗因の句は、経済的な発展を遂げていた新興の大阪町人の層に圧倒的に支持され、京都から江戸にもおよんできたのである。芭蕉は桃青の俳号により、談林派の俳諧師となっていった。その頃の句である。

こちとらづれもこの時の春

宗因のおかげで俳諧がさかんになり、自分のところにも春がやってきたという句である。その頃桃青は京都で著された「俳諧関相撲《はいかいせきずもう》」にならい、江戸の有力な俳諧師十八人の中に紹介されたりしている。芭蕉は三十四歳で日本橋に住み、宗匠と呼ばれていた。

宗匠の暮らしは、連句の会などで俳諧の巻頭の一句である発句を、まず大量につくることである。それはすなわち、成金町人の趣味にこびたり、権勢を誇る武士の俳席に列座し、教養や知識をひけらかすことである。俗世の権勢が好きならそれでよいが、内面の精神と外面の生活とが喰い違えば、苦悩となるしかない。芭蕉はもっと高い詩境を求めていた。いまだ名がついていたわけではなかったが、それが蕉風俳諧である。

三十七歳の芭蕉は俳諧師としての身分や立場の一切を捨て、深川六間堀の小庵に隠遁した。世俗を捨て、文学者本来の芸術を達成するためである。世間との交際を断ってはいった庵の傍に芭蕉の木が繁っていたので芭蕉庵と名づけた。

六間堀は門人杉山杉風《さんぷう》の持ち物の鯉の生簀《いけす》の池があり杉風は庵を二つ所有していたので、一方に自分自身が、もう一方に芭蕉を住まわせたのである。この時に芭蕉には蕉風といってもよい名句が生まれるのである。

古池や蛙とびこむ水のおと

この草庵で、芭蕉は極貧の暮らしをする。壁に瓢《ひさご》が吊るしてあり、米がなくなると門人たちの誰かがそっといれてくれた。寒さにおびえながら、芭蕉は貧しい暮らしにひたすらに耐えた。それも蕉風を完成させるためであった。そんな質素な庵も江戸の大火で焼失し、一定期間の流浪を余儀なくされる。そうしながら、深川の狂貧と自らいう芭蕉庵さえも、この世への執着になるのではないかと、芭蕉は気づいたのだ。本来の無住所の心を発することこそが、蕉風の確立を目指す自分の生き方ではないのか。

焼失した芭蕉庵は門人たちが建て直してくれた。芭蕉四十一歳の秋八月、故郷伊賀上野の母の墓参りという口実のもと、「野ざらし紀行」の旅に発足するのだ。貧しさによってものを見る目を清澄にする態度を、積極的にわびと見る。その孤高の我を冷静に客観的に見ようとするところから、風狂の精神が生まれる。隠棲《いんせい》の静かな生活でそのことはわかったのだが、作風の完成にむけてあと一歩を踏み出すことができない。旅という実践の中に我が身を捨身《しゃしん》してみてはどうか。ふとそう思ったのに違いない。「野ざらし紀行」の書き出しは次のようである。

千里に旅立て、路粮《みちかて》をつゝまず、三更月下無何《さんこうげっかむか》に入《いる》といひけむ、むかしの人の杖にすがりて、貞享甲子《じょうきょうきのえね》秋八月、江上の破屋《はおく》をいづるほど、風の聲そゞろ寒げなり。

野ざらしを心に風のしむ身かな

天下は太平で千里の旅でも食糧も用意せず、真夜中の月の下で無我無心の境地にはいる昔の人の心を杖として、隅田川のほとりのあばらやを出立したのだが、風の音はなんとも寒そうである。旅の途中で白骨をさらしてもかまわないと覚悟のもとで出発したのだが、秋の風はひとしお身に染みる。

芭蕉の旅はどれも命懸けなのである。小さな旅を重ねても、いまだ蕉風俳諧は達成されていない。芭蕉は四十六歳になっていた。人生五十年の世で、生の残りはたった四年しかない。四年のうちに蕉風俳諧の完成をみなければ、自分の人生はなんのためにあったのかわからない。そんな追い詰められた心情で最後の旅の中にすべて捨身したのが、芭蕉の「奥の細道」の旅だった。この旅の中で、芭蕉は見事に蕉風俳諧を打ちたてた。

2010.1

私を支えてくれたこの言葉

たくほどは風がもてくる落葉かな

良寛の俳句である。

人々の間に伝わる口伝によれば、ある時良寛が自分の暮らす国上山の中の五合庵に帰ろうとすると、村人がたくさん集まって山道の掃除をしている。道端の草むしりをしたり、頭上にかかる枝などを払っているのだ。

庭の草もきれいに抜かれている。その様子を見て、良寛は溜息とともにいった。

「ゆうべはたくさんの虫がいい声で鳴いていて、それは楽しませてもらったのじゃ。こんなに草を抜かれては、あの虫たちは逃げてしまい、今夜から鳴いてはくれまい」

村人は良寛の嘆きを理解しなかった。一間きりない五合庵も、村人たちが寄ってたかって塵ひとつ落ちていないよう、ていねいに掃除がすんでいた。

こんなにも一生懸命に掃除する理由がわからず良寛が尋ねると、長岡藩主牧野忠精《ただきよ》公が、何事にとらわれず自由自在な良寛の生き方を慕い、藩内を巡視の最中に国上山まで寄り道して、良寛に会いにくるというお達しがあったのだという。村人とすれば、藩主がくるという一大事のために、全員が出てあわてて掃除をしているのであった。

藩主ともなれば、何も用事がなくてくるわけはない。藩主の用件とは、長岡城下にある名刹の住職に良寛になってもらいたいということだ。自分の村に住む良寛にそんな名誉なことがあるとは、自分たちにとっても名誉なことだと、村人は張り切って掃除をしていたのであった。

やがて藩主は大勢のお供を引き連れてやってきた。良寛は五合庵で坐禅でもして迎えたのであろうか。藩主は良寛の耳に声が届くところまで近寄り、和尚を城下の立派な寺の住職に迎えたいと礼儀を失わずにいった。藩主も良寛を尊敬していたのだ。良寛は僧としての階位にはまったくこだわらず、住職になる資格でもある印可を備中玉島の円通寺で師より受けていたのだが、もとより寺にさえはいっていない。借りた小さな庵で、一衣一鉢《いちえいっぱつ》の乞食《こつじき》僧の暮らしをしていたのだ。それが良寛の生き方であった。世俗の出世や富などに、良寛は興味を持っていなかった。禅僧としてのそんな生き方に、名君といわれた牧野忠精も感じるものがあったのだろう。良寛がせっかく訪ねてきた藩主を無視するような態度をとったので、その場に緊張が走った。藩主もその沈黙の時間に耐えていた。やがて良寛は黙って筆をとり、紙に書いた字を藩主に示した。

たくほどは風がもてくる落葉かな

そんなに自分の分を越えたほど求めなくても、焚き火にするのに必要な落葉は風がひとりでに吹き寄せてくるというのだ。自分はこの暮らしの中に真実があると思っていて、この貧しい庵の暮らしに満足している。今さら世間の功利功名などを得たところで、それがなにになるのでしょうか。良寛は俳句でこう語ったのであった。

聡明な君主は良寛の深い心を理解し、良寛の身を厚くいたわって、その場を去っていったという。良寛はもちろん立派だが、藩主牧野忠精も立派であったと思う。他人の立場を理解し、尊重することは大切だ。
　自分の中に欲のようなものを感じた時、私はいつしか良寛のこの言葉を心に思い浮かべるようになった。だが欲を消してしまうことは難しい。私にとっても良寛は遠い憧れである。

2001.3

言葉の感応

　言葉の力が弱まってきたことを痛感する。詩は衰弱して消えていくのか、なお力を得て生命を未来につなごうとするのか。詩が読みたいと渇きのような思いを感じる時、ふと手を伸ばすのは古い詩集である。

　わが故郷に帰れる日
　汽車は烈風の中を突き行けり。
　ひとり車窓に目醒《めざ》むれば
　汽笛は闇に吠《ほ》え叫び
　火焔《ほのお》は平野を明るくせり。

まだ上州の山は見えずや。
夜汽車の仄暗《ほのぐら》き車燈の影に
母なき子供等は眠り泣き
ひそかに皆わが憂愁を探《さぐ》れるなり。
（「帰郷」萩原朔太郎）

なんという言葉の強さであろうか。言葉へのゆるぎない信頼がある。言葉に対して疑いのない態度は、私たちの時代から失われたものだ。ここには余分なものはないし、足りないものもない。なんという安定感であるのだろう。

朔太郎の詩と、私たちは交差することが可能なのである。日本文学の長い伝統として、本歌取りの世界があった。長い伝統の上に私たちの言葉があるのだという認識に立ち、故人となった詩人と魂をくっつけこすりあうようにして、福島泰樹は歌をつくってきた。

朔太郎の詩と斬り結ぶと、福島の歌はこうなる。

ああそして烈風をゆく夜汽車かな
　わが寄る辺なき窓に月射せ

烈風の闇をあかあかゆく汽車の

痛恨ここに歌わんとする

ここには詩人が強くあらねばならぬとする意思が見える。言葉はどこまでもしなやかに、強く、深くなければならない。歌集『朔太郎、感傷』は、近代詩の最も良質な部分に刺激を受け、いわば無防備に魂をさらけだすようにしてつくった作品である。言葉によって呼ばれた言葉こそ、言霊《ことだま》という。言霊の回復こそが、私たちには一番必要なことなのではないだろうか。

官能の耽溺的靡爛《びらん》とまで言うな
　悩ましいげなる春のスカート
花見にはいささかはやきさくらばな
　春の薄暮を歩むたましい
浮遊するその透明のぶよぶよの
　海月のような春の憂いは

福島泰樹はすぐれた詩人と感応しつつ、また言葉を音声の歌として取り戻しつつ、自己の詩世界を確立してきた詩人である。『中也断唱』『続　中也断唱・坊や』（中原中也）、『望郷』（寺山修司）、『賢治幻想』（宮沢賢治）などの歌集によってである。定型の歌人ではあるのだが、ジャンルはもちろん越えていくべきものだ。言葉の回復に対する果敢な取り組みを、私は支持したい。

同じような意味で、私には辻井喬『故なくかなし』が言葉の冴えを感じさせておもしろかった。これは俳句に対して、散文での物語を書いた俳句小説である。

病み呆けてふと死を見たり花の昼――富田木歩

この短い言葉から、言葉が言葉を呼び、無限の言葉が生まれてくるのである。言葉がエネルギーを持ち、人物を動かし、物語を造型する。このような言葉と言葉の感応により、言葉の力は回復していくのではないか。

何回も山路と泊った宿の二階に寝ていてふと微睡《まどろ》んだ時、涼子は大勢の子供が賑やかに騒ぎ、どっと笑ったり、どよめいたり囃し立てたりする声を聞いた。しばらくぼんやりしていて、それは近くの古い寺の無縁塚に葬られている子供たちの声だと分った。水子も、中世からの騒乱のなかで飢えて死んだ子供たちもそこにはいるはずだった。目を閉じるとその塚に桜の花びらが散りかかるのが見えた。

（「花の昼」辻井喬）

冒険がなくなれば、言葉といえども停滞する。詩を散文で書くことはむしろ伝統である。一貫して散文詩を書きつづけてきた詩人に、長野規《ただす》がいる。長野規は思潮社より七冊目の詩集『キリスト異聞』を上梓した。

やがて大正天皇が崩御して、摂政宮裕仁殿下が即位する。陸軍大元帥の軍服で白馬にまたがり、日の丸の小旗にかこまれる波瀾の昭和時代の幕開け。そのあわいに、ぼくは生まれた。

（「母の笑顔」長野規）

長野規の詩の特徴は、身辺を語りながらいつしか古代や宇宙を謳《うた》い上げている雄大さにある。キリストや天鈿女命《あめのうずめのみこと》やエジプト王ラメセス二世を謳いながら、いつしか一族史から個人史になっている。散文と簡単にいうことのできない詩文が、驚くべき奥行きを持っている。散文なら長大になるところを、磨きぬかれた詩文によって人の生涯を詩として語る。そのことはむしろ伝統である。

2008.7

草野心平は蛙だった

草野心平の故郷は現在の福島県いわき市で、地主の子の二男として生まれた。つまり、貧しかったというわけではない。両親や兄弟たちは上京し、心平は祖父母によって育てられた。しかし、何かそこに鬱憤のようなものがあったのか、心平は暴れものでしばしばカンシャクを起こしたという。

小学校は田ん圃の中にぽつんとあり。
春は陽炎につつまれてゐた。

だのに自分は女の子の腕にかみついて。
先生にひどくしかられた。

（「噛む　少年思慕調」）

その後の心平を見ると、心の中に飼い慣らせない獣がいて、そのエネルギーがどうにもコントロールできず、詩になって噴出してきたようである。福島県立磐城中学から慶應義塾普通部にいき、海外にいきたいという思いからそこを中退して語学院に通い、中国広東の嶺南大学（現、国立中山大学）に入学する。そこで詩と出会ったのである。

心平の詩の根底に流れるのは、どんな権力にも従わないアナーキズム的な奔放なエネルギーである。政治的なアナーキズムではなく、生命のアナーキズムといったほうがよい。前橋に転居し、反秩序的な詩人たちと交流すると、ますますその傾向が強くなる。

生命のアナーキズムといっても、無政府主義を標榜すれば、それなりの弾圧も受けるであろうし、平凡な幸せを得るというわけにもいかなくなる。

どんな階級にも属さない。かろうじて名付けたのが「第百階級」なのである。「第百階級」の蛙は、もちろん草野心平自身である。

おい　ぎやへるつ子
だらしなくげぐげぐ鳴くな
——おれだちは天国なんだよ

癪なことは癪なことだ
苦しいことは苦しいことだ
母は母だ

子は子だ
当たりまへだ
それだのに——
柴原の太郎はいつていつた
　米を作つて米が食へなえ
（「蛙は地べたに生きる天国である」）

詩人のアナーキズムであっても、社会への目が開かれないということはない。現実の変革への思いは、詩人にとって魅力的だ。しかし、言葉に依拠する以上、世の片隅で詩を書いているのが詩人なのだ。地べたに詩人がいれば、そこが天国になる。

蛙はもちろん草野心平自身だが、蛙が人間と闘争をはじめてもどうなるというのだ。そんな自己韜晦をへて、蛙は地べたに天国を発見するのだ。

Ⅶ

文学者・芸術家たち

母に会いに行く——鏡花最後の小説

2010.3

「縷紅新草《るこうしんそう》」は泉鏡花最後の小説である。鏡花は六十五歳であった。年表を見ると、昭和十三（一九三八）年に鏡花は健康を害し、「この年、はじめて発表作なし」とある。翌昭和十四（一九三九）年七月に「縷紅新草」を『中央公論』に発表し、九月七日肺腫瘍のため逝去している。つまり健康を害してからの作品だと思われるのだが、気力の衰えなどいっこうに見せず、文体の乱れもまったく感じられない。

この作品は鏡花文学の特徴を典型的に示している。つまり女性が中心にいて、小説世界のすべてを支配しているということだ。その女性は現実と異界の境界線上にいて、どちらにも自由に行き来ができる。その女性は崇高で美しく、はかないのだが芯は強い。たいていは薄幸の美人である。

その女性とはつまり、鏡花が九歳の時、妹の出産後ほどなくして死んだ母の鈴《すゞ》のことである。この高い霊性を持つ母をめぐって、鏡花は書き継いできたといえる。

最後の作品であるからこそ、異界を探ってこの世の人ではない母を求める鏡花の気持ちが色濃く出ているようにも思う。母のいる異界とは、人を拒んで荒涼としているところでは決してなくて、人の悲しさも美しさも気高さも、つまり人間の美質がすべてあるところなのだ。
この作品でまず描かれる場面は、金沢と覚しき土地の老舗の塗師屋《ぬしや》なにがしの妻女で、「肩も裳《すそ》も、嫋《しなやか》な三十ばかりの女房」、お米《よね》が、母親の墓参りにいくところである。連れはおじさんと呼ぶ辻町糸七《つじまちいとしち》で、死んだ母と従弟《いとこ》である。お米の姿や形や仕草の描写と、二人の会話によって物語は進行する。その文体は鏡花独特の世界から紡ぎ出されてくる。盂蘭盆《うらぼん》の墓地の丘に登った場面である。

うつむき態《なり》に片袖をさしむけたのは、縋《すが》れ、手を取ろうと身構えで、腰を靡娜《なよやか》に振向いた。踏掛けて塗下駄に、模様の雪輪が冷くかかって、淡紅《とき》の長襦袢《ながじゅばん》がはらりとこぼれる。
媚《なまめか》しさ、というと雖《いえど》も、お米はおじさんの介添のみ、心にも留めなそうだが、人妻なれば憚《はばか》られる。其処で、件《くだん》の昼提灯を持直すと、柄の方を向うへ出した。黒塗の柄を引取ったお米の手は、尚お白くて優しい。

書き写しながら気づくのは、舞台に上がって芝居をしているような感触である。これは語りものからきている文体のように思った。この細密な描写が、鏡花の特徴である。現代の小説作法では無駄だと切り捨てられそうな世界をたくさん引き摺っているのは、鏡花が近代以前の世界を持っているからだ。幽霊とか幽明を媒介として向こう側の世界と交通するのは、かつての日本の文芸では特別な方法ではなかった。
母お京の墓と相向かったやや斜め下に、初路《はつじ》の墓があった。そこを入口として、お米と糸七はもう一つの世界に入っていく。初路は千五百石の高い身分であったが、明治維新ですべてを失い、刺繍工場で女工をしていた。初路が赤蜻蛉《とんぼ》の姿を刺繍したハンカチが外国からすごい勢いで注文がきた。その蜻蛉の羽はうすもので、裸体を隠すことはできないとして、恥を晒すと俗物から囃《はや》される。

さも初路さんが、そんな姿絵を、紅い毛、碧《あお》い目にまで、露呈《あらわ》に見せて、お宝を儲《もう》けたように、唱《うた》い立てられて見た日には、内気な、優しい、上品な、着ものの上から触られても、毒蛇の牙形《はがた》が膚《はだ》に沁みる……雪に咲いた、白玉椿のお人柄、耳たぶの赤くなる、もうそれが、砕けるのです、散るのです。

裸体を包むうすものを連想させる刺繍が恥ずかしいことといわれ、初路は川に身投げして果てる。それほどに繊細な感受性と恥の文化が、かつてこの国にあったのだ。この初路の感性につながっていく文体がなければ、とても書けない作品である。つまり、余人の介入を許さない鏡花独特の世界であるということができる。鏡花最後の作品が、この繊細さに満ちていてしかも強靱であることに意味がある。

この初路こそ、幼い頃に死別し、思慕してやまなかった母の面影であろう。母に会うために、鏡花は小説や戯曲を書き続けたのだと私には思われる。老いてなお、母への思慕はいよいよ強くなっていった。

この作品が書かれた昭和十四年は、ノモンハン事件などがあって、第二次世界大戦もはじまり、世間はどこもかしこも武張《ぶは》った風潮がはびこっていた。「着ものの上から触られても、毒蛇の牙形が膚に沁み」たのは、まさに鏡花の心境であったのだ。

鏡花はあらためて小説を書くことによって通路をつくり、繊細さや恥を敵視する粗雑な世に背を向け、永遠なる母に会いに旅立っていったのだと私には思われる。

2007.11

鏡花の女性崇拝

鏡花には、幼くして母を喪《うしな》った少年が母の面影を求めて年上の美しい女性を慕うという構造を持った作品が多い。鏡花の描く女性は、たいてい薄幸の美人である。もちろんそれは、九歳で妹の出産がもとで享年二十八歳でなくなった、母鈴の面影を求めていることは間違いない。

「化鳥《けちょう》」は鏡花がはじめて試みた口語体の小説で、少年は母と二人で暮らし、空想の中で化鳥を求めている。化鳥はこんなふうに描かれる。

大きな五色の翼があって、天上に遊んで居る美しい姉さん

少年はその鳥を求めて鳥屋にいき、奥の暗い棚《たな》のほうをじっと見たりする。翼の生えた美しい人は見つからない。天上に遊んでいるんだから籠《かご》の中には居ないかもしれず、裏の田んぼにいって見ておいでと母にいわれる。夢と現《うつつ》との境界がないのが鏡花の世界で、時折夢が現実の中に入ってくる。「化鳥」は実際に母が登場する鏡花には珍しい作品である。実際の母とは現実のことだ。暗い田んぼに落ちそうになって、背後から不意に母がしっかり抱いてくれ、少年は気づくのだ。

「母様《おっかさん》!」といって離れまいと思って、しっかり、しっかり、しっかり襟《えり》ん処《とこ》へかじりついて仰向《あおむ》いてお顔を見た時、フット気が着いた。
何《ど》うもそうらしい、翼《はね》の生えたうつくしい人は何《ど》うも母様《おっかさん》であるらしい。

鏡花は書くことによって、幼くして失《な》くした母と出会っている。母と出会うために書いてい

るのだといってもよい。すでに冥界《めいかい》にいった母を求めて、鏡花は現世と冥界とを自在に行き来する。その自由さが文学なのだ。この世とあの世とは連続してつながっていて、生きとし生けるものも、異類となったものも、分けへだてなく存在しているのが鏡花の世界なのである。

鏡花の描く女性はすべて母性を露《あら》わにしている。現実が思うにまかせないなら、怪異や霊異を現出させて動かす。女性が中心に存在して、すべてを支配しているのが、鏡花の世界なのである。

若くして死んでしまった母のいるところは、氷のように冷たくはなく、廃墟《はいきょ》のように荒涼としているのではないという根本認識が、鏡花を支えている。「天守物語」や「夜叉《やしゃ》ヶ池」の女たちは、時々現世に出現したりもするが、天守閣や池という異界で生彩を放っている。死の世界に存在する母への思慕の念の強さが、鏡花に異界という生き生きとした場《トポス》を与えているのだ。

女性たちは崇高で美しくなければならない。高い霊性を持つ女性をおとしめるのは、男性が性的な欲望を持って近づいた時である。そのような下種《げす》な男たちは、「高野聖《こうやひじり》」のごとく、ひきがえるや猿や馬に変えられてしまう。女性は触れることもできない霊的な存在であるべきなのである。何故なら、すべての女性は母だからだ。

鏡花は女性崇拝、もっというなら母性崇拝の作家である。

芥川龍之介——文体が立っている

2008.7

芥川龍之介の本を書架から出し、久しぶりに読んだ。まず感じたのは、文章の端正さと適格さである。いうまでもないことだが、小説は百パーセント文章で出来ている。その文章の質の良否と、構成の妙とが、小説の達成度を決定するといってよい。小説はよいが文章は悪いということは考えられない。良質な小説の条件は、文章がよいことである。

庶民の日常生活のささやかな哀楽を描いた『トロッコ』などの小品に、劇的な趣向がない分だけ、文章の質が現われる。文体が悪ければ、作品の体をなさない。その小品の任意の部分を引用してみよう。

近所を通っていく土を運搬するトロッコに興味を引かれた八歳の良平は、ある日土工二人の押すトロッコについていく。意気揚々としていた良平も、あまりに遠くにきすぎて、もう日も暮れそうになると、不安になってくる。良平は土工にいわれてしまう。

「われはもう帰んな。おれたちは今日は向う泊りだから。」

「あんまり帰りが遅くなるとわれの家《うち》でも心配するずら。」

良平は一瞬呆気《あっけ》にとられ、ほとんど泣きそうになって線路伝いに走り出す。良平は土工にもらった懐《ふところ》の菓子包みをほうり出し、板草履《いたぞうり》も脱ぎ捨て、急な坂路を駈け登っていく。その時の描写である。

竹藪の側を駈け抜けると、夕焼けのした日金山《ひがねやま》の空も、もう火照《ほて》りが消えかかつてゐた。良平は愈《いよいよ》気が気でなかつた。往きと返りと変るせゐか、景色の違ふのも不安だつた。すると今度は着物までも、汗の濡れ通つたのが気になつたから、やはり必死に駈け続けたなり、羽織を路側へ脱いで捨てた。

暗い竹藪の横を通り抜けると、夕焼けのまばゆい輝きが見えるのが尋常の文章の運びだろうが、「もう火照《ほて》りが消えかかつてゐた」とむしろ意表をつく描写を置くことによって、なお効果を際立たせる。芥川がこのような文章術を計算ずくで用いたとは、どうしても私には思えない。計算などすぐ見破れる。天性の文章術なのではないだろうか。

不安はますます強くなり、「往きと返りと変るせゐか、景色の違ふのも不安だつた」と、良平の内面にはいっていくのである。次にその不安は身体のほうにやってきて、「着物までも、汗の濡れ通つたのが気になつ」て、とうとう羽織を脱いで捨ててしまうのである。外景、内面、身体と、筆は自由自在に行き来をしている。一定の法則があり、それに基づいてペンを運んだのではないだろう。流れるように自然に不安の中を走っていく。しかも、その不安の輪郭を微妙に変えてなぞっている。

要するに、うまい文章なのである。そのうまさを語るのに、私はすでに原文よりずっと多くの文字を費している。芥川の文章は捨てていくうまさである。言葉はできるだけ少なく、できるだけ鋭くである。このような文章を書きつづけるためにこそ、研ぎすまされた神経は摩耗するのである。

文章がうまいために、芥川は芸術至上主義と思われたふしがあると、私は思っている。もちろんよい文体で芸術的な作品をつくるからといって、その作者が芸術至上主義ということはあり得ない。

私が久しぶりに芥川の作品に親しんだ『アイボリーバックス　日本の文学　芥川龍之介』（中央公論社）の巻末に、大岡昇平の解説がある。大岡昇平はいつもながら冷静にペンを運び、芥川への愛情に満ちた文章をのせているのである。

『戯作三昧』『地獄変』などは、「人生はボードレールの一行にしかない」と書いた彼の、芸術至上主義を現わしたものだ、ということになっている。自分の娘の死の苦悶を前に、画筆を取り上げる『地獄変』の主人公は、結局、自殺してしまう。だから芥川の芸術主義は敗北した——というような解説が行なわれるが、これらは作品の正しい享受の仕方ではないと思われる。芥川はそのように芸術のために実生活を犠牲にしたことは一度もなかったので、従って敗北する理由は全然なかった。芥川には最初からそういう相克《そうこく》を超えた観点があったと見なすべきであろう。

大岡昇平のこの文章を基本にして『地獄変』を解読してみる。自分の地獄絵を描くため愛娘が鎖にかけられて檳榔《びろう》毛《げ》の車もろとも焼殺される光景を、火の光に照らされながら見つめた父親の絵師は、見事な地獄絵を完成の後に自分の部屋の梁へ縄をかけて縊《くび》れて死ぬ。もし芸術主義者ならば、絵の完成こそが最大の目的であり、自死するはずはないと解釈するのが常套であろう。

物語は「堀川の大殿様」のお側《そば》に二十年来仕える女房の語りという構成になっている。見る装置ともいうべき女房の視点が、芥川の文体ということだ。この視点すなわち文体はまことに緻密で正確である。これが芥川文学の本性ではないかと私は感じるのだ。車の中で娘が焼かれる光景はこのように見られる。

思はず知らず車の方へ駆け寄らうとしたあの男は、火が燃え上ると同時に、足を止めて、やはり手をさし伸した儘、食ひ入るばかりの眼つきをして、車をつゝむ焔煙を吸ひつけられたやうに眺めて居りましたが、満身に浴びた火の光で、皺だらけな醜い顔は、髭の先までもよく見えます。が、その大きく見開いた眼の中と云ひ、引き歪めた唇のあたりと云ひ、或は又絶えず引き攣《つ》つてゐる頬の肉の震《ふる》へと云ひ、良秀の心に交々《こもぐ》往来する恐れと悲しみと驚きとは、歴々と顔に描かれました。

もちろん女房はこの作品を記述する芥川のペンそのものであるが、炎々と燃え上がる炎ともだえ苦しむ娘から視点をはずし、それを眺める父親の絵師を見詰めている。その場にいる「大殿様」をはじめ大勢の視線とは、明らかにはずれている。この視線こそ文学の立場なのだが、改めて『地獄変』を読み直してみると、芸術至上主義の勝利ということは微塵もないことに気づく。むしろ芸術の敗北であり、俗物の姿をした現実の勝利である。だから芥川の芸術主義が敗北したということではない。あくまで芥川が記述する物語の出来事なのだ。つづいて「大腹《だいふく》中《ちゅう》の御器量」があるとされる「大殿様」は、この場で次のように描写される。

が、大殿様は緊《かた》く唇を御噛みになりながら、時々気味悪く御笑ひになつて、眼も放さずぢつと車の方を御見つめになつていらつしやいます。

余分なことは描かず、行間で語っていく。この根底には、「大殿様」の「御意《ぎょい》」に娘が従わなかったことがある。「大殿様」は娘に残酷なやり方で復讐をとげ、もだえ苦しむ娘を好色な目で眺めていたのである。つまり、絵師が地獄絵を描くため檳榔毛の車が燃え上がる光景を観察するということは、むしろその場の名目にすぎない。主題はあくまで人間が根底に持つ残酷さである。

大岡昇平の反論のとおりだと私は思う。絵師が自殺してしまうから、「芥川の芸術主義は敗北した」ということではない。芸術と実生活の「相克《そうこく》を超えた観点」とは、両者の根底に深淵として存在する闇を描くことである。人間の本性を見詰めていくということに他ならない。これが文学なのだということになる。

芥川文学を形成しゆるぎのないものとして支えるのは、その文体である。文体が立っている。俗世間と相克する芸術至上主義として割り切ってしまえば、俗世間で生きている生身《なまみ》の人間としての芥川が見えなくなる。大岡昇平は人気の高い芥川に対し、「文壇という狭い同業者の団体の間では、さまざまな悪口蔭口が形成される」「特権的な地位についた秀才に対する復讐の快感を伴っていた」と書く。この構図は、『地獄変』の中の絵師と俗世間との相克とまったく同じであることに驚く。この意味では、芥川龍之介は自身が紡いだ物語の中を実生活においても死に至るまで真摯に生きたのだということになる。

安吾の目の恐ろしさ

現在の私から見れば、坂口安吾のありようは遥かなノスタルジーのように感じられる。「堕落論」で、安吾はこう書く。

戦争に負けたから堕ちるのではないのだ。人間だから堕ちるのであり、生きているから堕ちるだけだ。だが人間は永遠に堕ちぬくことはできないだろう。なぜなら人間の心は苦難に対して鋼鉄のごとくでは有り得ない。人間は可憐《かれん》であり脆弱《ぜいじゃく》であり、それ故愚かものであるが、堕ちぬくためには弱すぎる。

これほどに無手勝流で無頼で独自の美意識を持っていた日本の文学者は、安吾をおいてほかにいない。何度読んでも、読んだ年齢に相応した含蓄がある。安吾は他人が着せてくれたすべての衣装を脱ぎ捨て、手に持っていたものさえ放って無手勝流になり、そのことで自分自身は洗われ無垢になって、その果てに見えてくるものだけを見ようとしたのである。破天荒な方法論だ。

2005.2

堕ちるとは安吾一流の表現で、仏教者なら解脱《げだつ》と呼ぶかもしれないし、放下《ほうげ》というかもしれず、自然《じねん》という言葉をもってするかもしれない。要するに、あるがままにあることなのだ。あるがままにあるために、安吾は異常なほどの苦闘をしなければならなかった。彼は人界を離れて山に籠るのではなく、世間のただ中で巷塵にまみれ、なおその中であるがままに生きようとした。

安吾の文章にはニヒリズムは影すらなく、人間讃歌に満ちている。彼の方法論は、愚かな人間の愚かさを丸ごと引き受け、その彼方に見えてくるものだけを覚醒して見ようとする。安吾は正直だ。曲がったことの嫌いな人物なのである。愚かでどうにもならない人間を、底の底のぎりぎりのところで肯定しようとする意志が胸を打つ。安吾は彼にしか見えなかった風景を書いている。東京空襲さえもが、人間の虚装をはぎとってくれる願ってもいない機会であったのだ。

安吾の見る風景はどこまでも澄み渡って美しい。東京空襲の後、大邸宅が消え失せて余燼をたてており、傍の濠端の草には上品な父と娘がたった一つの赤皮のトランクをはさんで坐っている。無一心になった人間は美しいと、安吾はいう。

空襲に生き残った人々は、虚脱や放心をしていたのではなく、運命に素直な無心な子供であったという。十五、六、七の娘たちは、焼け跡から瀬戸物を掘りだしたり、わずかな荷物の番をして路上で日向ぼっこをしていたり、何をするのでも爽やかに笑っていたという。猛火をくぐってとにかく生きのびてきた人は、燃えさかっている家に群がって暖をとり、同じ火には必死に消火につとめている人がいたという。偉大な破壊、偉大な運命、そして驚くべき深い愛情を、安吾は焦土の東京に見る。人は何の憂いもなく太古の野山に暮らしていた時のように、本来の無心な表情に戻っていた。偉大な破壊の下では、運命はあっても、堕落はなかったのだと安吾は観察する。

しかし、人はたちまち堕落する。人よりほんの少しでも多くおいしいものを食べようとし、ほんの少しでも多く奢侈なものを所有しようとする。あらゆる自由が許されると、自らの不可解な限定とその不自由さに気づくという。

安吾の目には、戦時下の東京には美しいものがあるばかりで人間がなかったのだと写る。深夜でも、オイハギなどの心配はなかった。深夜、暗闇の中を歩き、戸締まりなしで眠っていた。安吾の目の恐ろしさは、こんな東京を、「嘘のような理想郷」で「ただ虚しい美しさが咲きあふれていた」と書くところである。死への恐怖はいつもついてまわったにせよ、そのことを深く問い詰めることもなかったから、誰もが戦争と遊び戯れる馬鹿であったというのだ。

無邪気な馬鹿でいたいものである。安吾にとっての人間の理想は、ここにある。ところが人間は余計なことを考えすぎてしまうのだ。考えすぎないためには、乱心が手っ取り早い。安吾の痛々しいところは、乱心していても覚醒していたことだ。覚醒した乱心のために、壮大なエネルギーを必要とし、結局そのために死に追いやられたことだ。人間を愛するあまり、生命を賭してあらゆる虚妄を排してきたのが安吾なのである。

困ったほど身近な太宰治

2009.12

この頃どうも太宰治の短篇小説「桜桃」が気になる。私は太宰ほど蕩児でもないし、大酒飲みでもなく、家を出かけると「一週間も御帰宅にならないことは」しょっ中だが、立てた予定のとおり穏やかに旅行などをしているのであって、「あちこちに若い女の友達などもある」というのではない。太宰にくらべれば、私は生活人だ。人生は平凡さの中に真実の喜びがある。本当にそう思っている。

だから太宰のように身を捨てるほどの蕩児であることはとてもできない。破壊を恐れる小心な生活感情を拭い去ることはできないのである。

太宰の作品群を読むと、彼自身こそその小市民的な感情でいつも怯えていた様子がよくわかるのだが、そのように装いながらも、剣を相手の急所に差し込むために隙間からたえず狙っているような、精神の芯の部分に仕込まれたある種の油断できない集中力もある。

太宰という作家にとって、それらは美質であり同時に狡猾な部分であって、一筋縄ではいかないということだ。ところがその部分はすべて、私自身の中に確かに存在するのだと考えないわけにはいかない。二律背反なのだが、矛盾する様相がそのまま私にある。みんな同じ要素を心の奥に秘めているかぎり、太宰は自分自身のことを語りながら、私のことを語っているのであり、読者全体の心の中のことをむしろ赤裸々に表現しているのだといえる。

つまり太宰はきわめて個人生活の領域に属するようなことを書きながら、その実には普遍的な位置を獲得しているのだ。これは太宰本人がどう思おうと、またどうも思わないとしても、関係のないことだ。個人的なことを書けば書くほど、それがここまで普遍性という色彩を帯びてくるのは不思議なことだ。あんな嫌らしくも唾棄すべき人間はいないと感じたとしても、その人間とは結局自分自身のことなのだ。また同時に人生の宝石のような美質を見せられることもある。

いつの間にか読む人の心の襞の中にはいっている。それが太宰治という作家の作品なのだ。始末が悪いといえば悪い。悪夢を見ているような気持ちにもなるのだが、それは自分の心の中を見ているからなのだ。同時に人生の類稀《たぐいま》れな美しいものを見せられることもある。

この小説の書き出しは、まことに見事としかいいようがない。

「子供より親が大事、と思いたい。子供のために、などと古風な道学者みたいな事を殊勝らしく考えてみても、何、子供よりも、その親のほうが弱いのだ。」

太宰治は実に小説術にすぐれた作家である。最初の一行で、太宰の人生をある程度知っている人は何を書き出すのかと期待に満ち、はじめての人であっても説得力を持って共感を得るだろう。その一行が逆説的ながらすでに人生の真理をついた警句である。逆説的であるからこそ、少しひねったところで共感を持つ。この少しひねっているというところが、太宰の佇む場所なのである。

この夫妻は、七歳と四歳と一歳の子供を育てている。子供たちの勢いは親を圧倒しかけていて、父と母は子供たちの下男下女の趣きを呈し疲れ切っている。だがこれはさほど珍しいことではない。夕食が大混雑の様相になり、父親が顔の汗を拭くことなどありふれた光景である。この時の夫妻の会話は珠玉である。

「お父さんは、お鼻に一ばん汗をおかきになるようね。いつも、せわしくお鼻を拭いていらっしゃる。」

父は苦笑して、

「それじゃ、お前はどこだ。内股《うちまた》かね？」

「お上品なお父さんですこと」

「いや、何もお前、医学的な話じゃないか。上品も下品も無い。」

「私はね、」

と母は少しまじめな顔になり、
「この、お乳とお乳のあいだに、……涙の谷、……」
涙の谷。
父は黙して、食事をつづけた。

これだけのことで、この夫妻がどんな状態にいるかわかる。何とか夫婦として子育てをしつつ日々を暮らしているのだが、母はお乳とお乳の間に涙を流すほど、悲しみやら苦悩に耐えている。お乳とお乳のあいだの涙の谷とは、胸の中でいつも人知れず深い悲しみを秘めているということである。

これは父にしても同じである。

「心には悩みわずらう」事の多いゆえに、「おもてには快楽《けらく》」をよそわざるを得ない、とでも言おうか。いや、家庭に在る時ばかりでなく、私は人に接する時でも、心がどんなにつらくても、からだがどんなに苦しくても、ほとんど必死で、楽しい雰囲気を創《つく》る事に努力する。そうして、客とわかれた後、私は疲労によろめき、お金の事、道徳の事、自殺の事を考える。

太宰はここで自らの創作の秘密をさりげなく、しかも惜し気もなく書いているのであるが、そんなに特殊なことが述べられているという気もしない。「なんだ君もそうだったのか」というような軽い気持ちであるが、しかし、胸の奥深くに秘めているのと実際に書いてしまうのとでは、越えられない距離がある。だが太宰はまるで冗談をいうように、本当のことをひょいと書いてしまうのである。太宰のうまさは技巧的なものではなく、文章の中でのタイミングのよさというか、覚悟を覚悟とも見せない思い切りのよさだ。つまり、技術を越えたうまさなのである。

家庭の中で、つまり女房と子供たちの関係において行き詰まると、ぷいと家を出て蕩児になるのが太宰のパターンである。しかし、誰もこうはできないから、太宰という作家にある種の畏敬の念を持つ。同時にそれは蔑《さげす》みと紙一重なのだ。

ここには真実ばかりがあって、韜晦《とうかい》も衒《てら》いもないのだと思いたい。太宰自身はほとんど必死で楽しい雰囲気を創ることに努力すると書いているが、それは演じるなどということではなくて、それしかできない真実のことなのだ。

どうも私は、もしくは私たちは、太宰と紙一重のところで生きている気がして仕方がない。その紙一重は、あまりにも大きな距離なのではあるが……。

家ではぜいたくなものを食べさせない子供たちを思いながら、酒場で大皿に盛られた桜桃を心を攻撃されるような気持ちでまずそうに食べながら、子供より親が大事と思っている。

私にとっては、若い頃に読んだよりも、今の年齢で読む太宰がずっと身近で困るほどである。

2006.6

人間的苦悩と国家

国家と国家、体制と体制、政治と人間的感情の間で揺れ動きながら、登場人物たちは生きていくことで苦しみを呼び寄せずにはおかない。金石範氏の剛直で気概あふれる作品を読みふけりながら、私は数年前にあったある光景を苦い後悔とともに思い出した。

その時、私はほとんどが先輩にあたる小説家諸氏とともに、ある文芸編集者の定年による送別の宴にでていた。その名物編集者の世話になった作家は数多く、伊豆の老舗温泉旅館に一泊し、感謝のために一夜の宴を張ったのである。

談論風発した中で、〈在日〉作家A氏が国籍を北から南に変えたことを切り出した。A氏にとってはきわめて重要なことで、そのことの説明をA氏自身が行っていた。どの国家に帰属するかということを、幸か不幸か私はかつても今も自分の問題として深刻に考えたことがない。父も母も栃木を故郷に持つ日本人で、その子として生まれた私には、国籍は生まれた瞬間に決められているもので、選択すべき余地はない。そしてまた、敗戦時に国家主義からあまりにも都合よく民主主義に、まるで宗旨がえでもするように簡単に乗り替えたご都合主義の軽佻浮薄な人たちのことを、たくさん知っている。国家という擬制の虚しさと幻想について、私などの戦後生まれのものは、学生運動なども通して、くり返し思い知らされてきたのである。はっきりいってしまえば、たえず暴力装置として機能してきた国家など、人が人として生きる上で信じるに足るものとは思っていないのだ。まして国籍を変えるというA氏の深刻な議論が、私には深いところでよく理解できていなかった。もっとはっきりいうなら、その時私はA氏の議論の中にはいっていないかったのだ。それなのに、政治体制や国家という言葉がくり返されることに、ぼんやりとだが反発を覚えていた。ふと私は独語として小声でつぶやいた。

「国などどちらでもいいではないか」

自己弁護のためにもう一度いうが、私自身に向けての私の独語である。だが私の声を聞きつけたA氏は、とても許すことはできないと思ったのか、私に対して猛然と怒りの言葉を向けてきた。北を選ぶか南を選ぶか、もちろんA氏にとっては人生を懸けた最重要なことであったろう。そのことはわかるから、私は一言もいい返すことはできなかった。私の後悔とは、深い考えもない私のふとした独語が、真剣に悩む一人の人物を揶揄《やゆ》するような形になったことである。もとよりそれは私の本意ではない。罵倒ともいえるA氏の言葉を、私は自分の態度を謝罪しつつ、ただひたすらに受けていているより仕方がなかった。

今さらに弁解するが、あれは私自身に向けた一人言だったのだ。A氏に向けた言葉では決してない。A氏の怒りから、私は彼の深い苛立ちを感じる。私の言葉に、無知、偏見、もっというなら偽善を感じとったのであろう。いくらこちらが善意の気持ちでいるつもりでも、それは偽善にしかならない。それは〈在日〉ということでたえず意識していなければならない暗い穴なのかもしれない。

そのことを私ははからずもA氏に教えてもらった。そして、金石範氏の作品群を改めて読みながら、私はあの時の私自身の当惑と狼狽とをまざまざと思い出す。要するに、わかるようでわからない。だからこそ〈在日〉として作家は傷つき苛立ちつつ、作品を生み出しつづけねばならないのだ。作家にとってそれは、限りないエネルギーになるということでもある。

ううむ、このコップの底にあるものが何か、きみは知っているかね？　酒だ、ここにあるのは酒だろ、え、ここには酒がある。いったい、この酒はなんなのだ。この酒がおれを楽しませてくれるときみは思っとるんか。はっはっはあ、違う、ノー、ノーだ。分かるまい、分かるまい、このコップの底にあるのは悲しみだ。おれはコップの底に、いや、酒瓶の底に楽しみではなく、苦しみと悲しみを求めて飲む。

（「往生異聞」）

真冬の浅草あたりの路上で凍死したらしい黄太寿《ファンテス》の酒席での生前のせりふである。酒は飲めば飲むほど、苦しみと悲しみとが増してくる。これでは荒れる酒にならざるを得ない。口論の果てに暴力沙汰になり、やがて泥酔し眠って終る。そんなふうにくり返してしか日々を送ることができない。そんな男の生と死を描いた物語で、読者は活字を追いつつ、暗い穴の中を彷徨するような気分にならざるを得ない。

泥酔してどぶに身体を突っ込んで死んだ黄太寿の人と人生について、若い朝鮮語の政治新聞の記者がこの物語の語り部になる。物語の設定が解放《ヘーバン》後二十年近く、つまり昭和四十年前後である。東京オリンピックがあって、日本が高度成長の道を突っ走りはじめた時期のことである。私自身は上京して早稲田大学に入った頃で、当時の世相はよく知っている。朝鮮語の政治新聞の記者の世界なら、東西の冷戦の影響がまことに激烈で、北も南も政治的に拮抗していた時期だ。政治新聞の記者なら活躍の舞台が大いにあったのである。

そんな時期に、かつて政治新聞を大阪で一人編集一人記者として発刊していた黄太寿が、社会の底辺に沈み込んでいった果てに、大都会で野垂れ死した。物語の語り部は、友人の工場の経営者といっしょに、黄太寿の野垂れ死した場所を探しにいく。それは黄太寿という人物の物語を内的に完結させたいという意識が働いたためである。

二人は浅草の繁華街の真ん中を抜け、映画館などがならぶ六区の横町の飲み屋のあるほうに歩いていく。すると町はにわかに異なった姿を見せてくる。黄太寿はどぶに落ちて野垂れ死したということで、どうしても落ちたという穴のほうに気持ちがいく。目はマンホールばかりを拾ってしまうのだ。

気をつけて見ると、なんと道路はマンホールだらけなのだ。十メートル置きにいくつもある。円いのもあれば、四角、矩形のもある。道路の真ん中にもあれば、左右にも向い合ってある。ぴっしり蓋が閉められてはあるが、いっせいにマンホールから蓋を取ればどうなるだろう。道路は穴だらけということだ。深い穴だらけの道路……。いや、蓋を取れば深い穴からにゅうっと上半身裸の男が顔を突き出してくるかも知れない。マンホールばかり描いている画家がいたが、そのぶ厚く塗り重ねた画面の深い穴から、丸坊主の男が地底の呻きのような沈黙の顔をのぞかせているのである。……マンホールはただ地面にあいた穴ではなかった。

主人公たちはみな都会の底辺にいて、作者の金石範氏は底辺のその底のマンホールの下の穴を見てしまうのだ。その穴を見てしまうと、たとえ鉄の蓋がのっているとはいっても、地面の下は穴だらけではないか。その穴は、うっかりすると転落してしまうかもしれないのだが、意識すればそこに隠れることも可能なのである。

戦前は政治運動をして日本の官憲に逮捕され、本人は偽装のつもりだが転向上申書を提出して刑務所をでた。だが世間は転向者としてしか彼を見ない。昭和二十年八月十五日日本敗戦と同時に朝鮮半島は解放された。その後朝鮮戦争があって朝鮮半島は北と南とに分断され、この小説では最初から野垂れ死している主人公の黄太寿は、大阪で北の政治新聞をひとりで発刊する。しかし、政治組織の幹部の愚劣さを取り上げたため、その民衆新聞を追われる。その後大阪の労働学院で経済学と哲学の講師をし、東北地方でゴム長が売れるというのでブローカーをする。もともとあったノイローゼが悪化していき、深酒が進んでアル中の病状を呈し、精神病院にはいる。しばらくはアルコールを断って社会科学系の出版物の校正の仕事をしていたのだが、再び酒に手を出し、ゆっくりと自殺をするようにして野垂れ死の道をたどる。

語り部がたどっていった黄太寿の生涯である。人間の解放を求めて政治の周辺にいながら、現実にも政治にも裏切られ、いよいよ周辺に追いやられて、存在の意味を見失っていく男の物語である。政治とは、高らかに理想を求めることであるといっていいだろう。しかも、その理想をこの地上に現実のこととして実現させることだ。そのために激烈なる闘争をし、人も死んでいくのである。

北といい、南といい、対立する世界観の中で自己の理想を実現しようとすれば、生死を懸けた闘争をしなければならないではないか。あるいは自己欺瞞を重ねに重ね、仮面をかぶって生きていくしかないのである。

あまりに理想主義的であり人間的であった黄太寿はそのどちらもできなかったため、緩慢な自殺をとげるように、野垂れ死の道をたどっていくより仕方がなかったのである。黄太寿が細々と生を紡いできたその微かに息のできる場所に、文学もまた生息しているのだ。時には飽くことなく自己主張をするため他者に対しては無神経で、時にはアル中で手におえず、しかし他人には触れることのできない清らかで真摯な流れを心の底に持つ黄太寿という人物こそが、時代の無名戦士なのである。そんな善良な無名戦士の本当の敵は、人間の心や生死の地平に降りていこうとしない、国家、国家体制、政治なのだ。そのことは、なにも二つの国家に分断された朝鮮半島に限ったことではない。日本の近代史の中でも、どれだけ人間が斃《たお》れたか、その数は知れないのである。

「鴉の死」にもおびただしい死が描かれる。日本の敗戦により朝鮮半島が解放された翌年の一九四八年四月、南朝鮮の単独占拠に反対する済州島四・三蜂起が起こり、民衆は五十代半ばの世代まで済州島の最高峰の漢拏山《ハルラサン》（一九五〇メートル）に立てこもってゲリラ化した。「鴉の死」は、民衆が漢拏山に立てこもってから半年余りたった時代の物語である。

今さらながらのことであるが、今日ではゴルフや乗馬や釣りで穏やかなリゾート地である済州島で、こんなにも酸鼻な闘争があったのかと驚かされる。文学の力をもってすれば、たとえ過去のことを描いたのではあっても、現代の今そこにあることとして生ま生ましく蘇らせることができるのである。「鴉の死」は文学の力が横溢した作品であるといえる。

主人公の丁基俊《チョンキジュン》は済州米軍政庁の通訳で、政府側の情報はなんでも得られる立場にある。その立場を利用して、幼馴染であるパルチザンの指導者張龍石《チャンヨンソク》のためのスパイをしている。基俊の情報で警察署が襲撃されたりするのだが、スパイのことは当の二人だけしか知らず、かつて恋人だった張龍石の妹の亮順《ヤンスニ》や両親などは何も事実を知らないまま基俊の目の前で基俊を憎悪しつつ銃殺されていく。基俊の苦しみは人が耐え切れるようなものではないかもしれないではないか。

収容所の金網の中に亮順の姿を認めた基俊は、大声を上げて彼女の足元にひれ伏し、すべてを投げすてて自分は敵ではないのだと告白したいという激しい衝動にかられる。だが闘争と組織のためにそれができない。彼自身は外見上何もかもが平穏のまま、彼女は銃殺され、自分は生きていかなければならない。地獄はどちらの側にあるのかわからないではないか。

――亮順は、永遠に死んでいく。同時に自分も死なねばならぬ。彼女の中で死なねばならぬ。犬のように死なねばならぬ。彼は頭上で一つの真理が真二つに音をたてて裂けるのをきいた。これで彼女に証しをたてる機会は永遠に死んだ。しかし彼女は人を呪咀しておれを乗りこえて死んでいく。じっさい自分が裏切者であった方がどれだけ幸福であろう。裏切者でない裏切者――ついにその生命の極点に立った彼女が、いま自分にそのとどめを刺すのだ。基俊は後から後から潮のように逆巻いてくる悔恨の中でおぼれそうになった。多くの機会に、それは組織の規律への違反であっても、なぜ一言彼女に洩らしえなかったのか。なぜ洩らしてはならないのか。しかもその悔恨すらいまは毒されていた。彼はその悔恨に自分を傷つけなかっただろう。党のために祖国のために！　これがこの一瞬の彼をなお不幸にし、おのれを空しゅうできなかったのだ。恐るべき良心の安泰のために、彼は自分の人間を殺し、亮順の良心を殺した。すればその間に介在するものはいったい何であるか――。その名において亮順の心を殺した党も祖国も彼女の涙の一滴に価するものさえつぐないえないのだ。基俊は張龍石を憎み、党を憎んだ。そして祖国を憎んだ。
（「鴉の死」）

これほどに極限的な苦悩が他にあるだろうか。彼は政治闘争を有利に導く大変実効性のある働きをする闘士なのだが、彼の存在を親友の張龍石以外に知られた時には、彼の死はまぬがれないのだ。しかも、最愛の恋人でさえ彼の本当の存在を知らず、彼を憎悪しながら虐殺されていく。しかも彼は恋人の死を虐殺者の立場から見ているしかないのだ。こんなに苦しい存在のありようはない。

スパイという両義的な存在に、金石範氏は〈在日〉という存在のし方とつながることを見ている。

丁基俊にとって心はもちろん彼自身の信じる正義のほうにあるのだが、肉体は敵の立場に属している。だから肉体はとりあえず生きているのであるが、突然の破局はいつ訪れるかわからず、またその精神の重圧に彼がいつまで耐えられるかわからない。その日その日をなんとかこなしながらも、緩慢な死からは逃れられないのだ。破局は近いうちに必ずやってくるはずである。

「鴉の死」の最後は印象的だ。彼は精神の均衡を得るため四発拳銃を撃つ。一発は鴉を射殺し、あとの三発はすでに処刑されている少女の死体に向けて発射される。彼は生きていかなければならない。血に濡れたその土地こそ、彼が義務を果たし、命を埋めるのに最もふさわしい土地なのである。他に行き場のない以上、ここにいるしかない。国家はついに彼に安住の地をもたらさないのだ。北であれ、南であれ、また日本であれ、どうして国家は信じるに足るものであるか。体制とか政治とかも、人たらんとする意思を抑制する装置としてしか機能しないではないか。政治的たらんとすればするほど、死に至るあるいはそれよりもっと苛酷な不幸が、微笑とともにすり寄ってくる。

そんな時代にどんな生き方が可能かと問うのは、さしあたって文学しかない。だから書きつづけるしかないのだという金石範氏の声を、私は聞いたような気がした。

2006.11

浜田廣介の作家魂——「泣いた赤おに」から

何度読んでも、「泣いた赤おに」は不思議な作品である。

どこの山かわからない崖《がけ》のところに、一軒の家が建っていて、若い赤おにが住んでいた。目玉が大きくて、角が生えていて、赤おにはいかにも鬼の姿をしている。どこにでもいる普通のおにである。

だがそのおには心がやさしくて、人間と友達付き合いをしたいと願っている。ここでは人間が多数派で、おには少数派のようだ。おには人間と敵対し、人間から見れば悪さをするから、おにと呼ばれる。しかし、その赤おにはおにである自己を否定するおにである。おにと人間の違いというのは、あくまでも全身が真っ赤で、目玉がきょろきょろして、頭に角が生えているという外見の属性でしかない。だがその属性ゆえに、たちまち人間から差別を受けなければならないのだ。

おには自己否定をし、おにであることから脱却をはかる。自分は外見上おにであることまでは否定しないが、普通一般のおにではなく、よいおになのだと自己主張する。おにであることをまず認めるところから出発するのが、おもしろい。おにである存在を否定していないところが、浜田廣介流なのである。おには自分の家の戸口の前に、立札を出す。

「ココロノ　ヤサシイ　オニノ　ウチデス。
ドナタデモ　オイデ　クダサイ。
オイシイ　オカシガ　ゴザイマス。
オチャモ　ワカシテ　ゴザイマス。」

誰にでも読めるやさしい仮名の文字で書いたという。しかし、自己を「オニ」といっている以上、人間は彼をおにとしか見ない。「ココロノ　ヤサシイ」といっても、自分でいっているだけで、外観上その表象があるからこそおになのである。まして、おにと自分でいっている以上はおになのだ。この「おにである自己」を否定せず、外見を変えるわけでもなく、どこまでもおにを通そうとする。おにはその外見でもって、これまでさんざん悪事を重ねてきた。だからおにと呼ばれているのだが、突然自分はよいおにだから遊びにこいといっても、人間がやってこないのは当然だ。

私はここに浜田廣介の作家魂を感じる。外見をとり繕って自分はおにではないと主張するのではなくして、あくまでおにの外見をまったく変えず、おにのまま人間と仲良くしたいと発願するおにを描くのである。原理原則を変えず妥協することなく、おにである自分を認めさせようとするのである。それは一般に不可能なことなのだ。

案の定、おにの出した立札を見た人たちは、いぶかしく思うばかりで近づこうとしない。当然である。外見がおにだからおにと見られているのに、そのことを曲げようとしないからである。人々は気味悪がり、おにの家の中をこっそりのぞいて見たりする。近づいてきたところをつかまえて食べられてしまうかもしれないから、人間とすれば気をつけなければならない。

悪さをくり返してきた属性は、簡単に消すことができないのである。それはまわりの人間の心理の襞に染み込んだことなのかもしれない。

家の中をのぞき込んだきこりに、おにはやさしく声をかける。するときこりたちは、おにが追いかけようともしないのに、逃げ出すのである。おには自分の存在に絶望的になる。

「こんなもの立てておいても、いみがない。まい日、おかしをこしらえて、まい日、お茶をわかしていても、だれもあそびにきはしない。ばかばかしいな。いまいましいな。」

　とうとうおには本来のおにという存在に戻っていこうとする。おには、外部によってつくられるということだ。おにという存在に追い込まれるといってもよい。一度おにと呼ばれたからには、そこから脱却するのは容易ではないということである。果てしない力業《ちからわざ》が必要なのだ。

　そのことをよくわかっている青おにが、一つの申し出をする。自分がおにとしての存在を精一杯利用して暴れるから、人間の目の前で自分を思う存分やっつけて、よいおにだという証《あか》しを立ててくれというのである。それは自己犠牲ということだ。それではあまりに申しわけないと赤おにがいうと、青おには自己犠牲の効果を説く。

「水くさいことをいうなよ。なにか、ひとつの、めぼしいことをやりとげるには、きっと、どこかで、いたい思いか、損をしなくちゃならないさ。だれかが、ぎせいに、身がわりに、なるのでなくちゃ、できないさ。」

　こうして山をくだって村にはいっていった青おには、老人が平穏に暮らしている家にはいり、乱暴をする。乱暴といっても、食器やお櫃《ひつ》や味噌汁鍋《みそしるなべ》を手当たりしだいにぶちまけるくらいだ。そこに人間と仲良くしたい赤おにがやってきて、青おにになぐりかかる。首のところをぐいぐいしめつける。

「だめだい。しっかりぶつんだよ。」

　なぐられるほうが、こういってなぐるほうを励ますのだ。こうして芝居はうまくいき、赤おには最初の目論見《もくろみ》のとおりに人間からの信頼を得るのである。

赤おにの家に、人間たちがくるようになった。赤おにの家は質素な部屋に手づくりの家具が置かれ、壁には赤おに自作の油絵が掛かっている。その絵の中で、赤おには首のところに人間の可愛い子をまたがらせている。この姿が赤おにが長いこと思い描いていた理想の光景で、それがついに実現したということである。赤おには自分でお茶とお菓子を運んでいき、次から次とやってくる人間たちにサービスする。

青おにの犠牲の果てに、赤おには自分の理想の生活を手にいれることができた。自己否定を完全になすことができたのである。

ここで赤おには幸福になったのだろうか。善良な人間たちが毎日毎日家にやってきて、赤おにはお茶とお菓子を提供する。努力をやってもやってもきりもない世界の中に、赤おにはただはいってしまっただけではないのか。おにが悪で、人間が善だという価値観なのだが、こうして只《ただ》で無制限にお茶を飲みにきてお菓子を食べにくる人間たちが善良そのものだとは、とても私には思えないのである。

実はここに深いアイロニーがあると私は感じるのだ。浜田廣介の書き方は、おにの属性である姿は最後まで捨てず、最後の最後のところでおにと人間とが入れ換わっているのだ。底抜けに善良なのは、二人のおにのほうなのである。ただお茶を飲みお菓子を食べにくる人間の、どこが善良というのだろう。

「泣いた赤おに」は、青おにという本当の友達を失った、心から善良な赤おにの物語なのだと私には読める。

2006.12

誰もが「たそがれ清兵衛」だ

藤沢周平『たそがれ清兵衛』は、文筆を生業としているものとしてははなはだ申しわけないのだが、映画を先に観た。私は「フーテンの寅さん」が登場する「男はつらいよ」シリーズをこよなく愛しているのだが、映画「たそがれ清兵衛」も山田洋次《やまだようじ》監督の人間をこよなく愛する精神が表われていて、胸を打つ傑作である。映画館の中には年配者が多くて、映画を取り巻くいつもの状況とはまったく違っているのが、印象的であった。

改めて原作を読み、井口清兵衛と妻女奈美《なみ》との印象が、美男美女の真田広之と宮沢りえとまったく違うなと思う。もちろん映画とはそういうものである。映画は山田洋次監督の作品なのだ。

真田広之はどこにでもいるというわけにはいかないが、「たそがれ清兵衛」はどこにでもいる。下城の太鼓が鳴ると手もとの書類を片づけ、詰所の誰よりも早く部屋を出る。にぎやかな店がならんでいる通りを一定の足の運びで通っていっては、青物屋で葱を買い、豆腐を買い、誰に見られようと少しも動じない顔でわが家に帰る。浴衣に着換えて襷《たすき》をかけてから、寝たきりの妻女を抱え起こして厠《かわや》に連れていく。台所に立ちながら、同時に部屋の掃除をしてしまう。食事を妻女に食べさせながら自分も食べ、食器の後始末の後には、虫籠《むしかご》づくりの内職をする。妻女は労咳《ろうがい》なのである。妻女を寝かしつけてから、なおいっそう内職に集中する。清兵衛は生活をするために全力を尽くしているのである。

清兵衛の生き方に、身につまされる思いをする人も多いだろう。たいてい男は仕事と家庭の間に挟まれ、お互いの歩み寄りがたい矛盾の間で奮闘しているものなのである。そのような典型的な人物を造型しきったところに、藤沢周平の作家としての立場がある。

誰でもが「たそがれ清兵衛」なのだ。男は自由にしているように思えても、仕事と家庭とを両立させている以上、多かれ少なかれ「たそがれ清兵衛」であることを逃れることはできない。

私は自分が典型的な「たそがれ清兵衛」だった時代のことを、疼《うず》くようなひりひりとした感情とともに思い出すのだ。私は二十歳代後半で、宇都宮市役所に勤務する地方公務員だった。私には妻がいて、子供がいて、毎月の給料を持って帰らなければ生活ができなかった。私は妻のつくる弁当を持ち、毎朝郊外の団地から自転車で十キロの道を走って通勤した。職場は宇都宮市教育委員会総務課経理係で、計算の苦手な私にはふさわしい職場だとはとても思えなかったが、ふさわしいとかふさわしくないなどいうことも贅沢な話であった。私は毎日八時三十分から十七時までその職場にいなければならなかった。

　十七時の三十分前になると、気分的に仕事を片付けはじめ、十五分前には掃除をはじめる。十七時ぴったりにチャイムが鳴り、同時に私はその部屋を出た。酒場などに誘われると、極力逃げた。有給休暇はまわりでは消化しきれないのが普通で、休暇を役所が金で買い上げる制度があった。私は百パーセント使い切り、それでも足らなかった。課の親睦会の行事にも可能なかぎり出ない。これ以上自我を通すと人間関係がまずくなりそうだというところで、仕方なく自分を捨てるようにしてまわりと馴《な》れ合ったのだった。

　私の妻は労咳にかかっているのでもなく、病弱というのでもない。私の事情というのは、小説を書きたいということだ。そのためには生活のことをするのは仕方ないが、できることならその他の時間は自分自身のために使いたい。「たそがれ清兵衛」が自分の時間を病妻のために使いたいというのは、社会化されたところではなく自分は私的に生きたいということである。そのためには、他人に後ろ指さされるようなことも仕方ないだろう。

　もちろん私は清兵衛ほど生き方を徹底させたわけではなかったが、気持ちはよくわかる。多くの男は清兵衛に同感するところが大であろう。私はどうにか小説を書きつづけ、私を取り囲んでいた身にそぐわない現実から脱出することはできたのだが、みながそううまくいくわけではない。そこに『たそがれ清兵衛』の物語が生まれる端緒がある。

山田洋次監督は「初めての時代劇」と題する文章で、侍は誰もが同じ形のちょん髷《まげ》を結い、決められた羽織袴姿で刀を二本腰に差しているので、化粧などで俳優が個性を出すことがほとんど不可能であると書いている。

「それほどに、人間が生き生きとして個性的であることが許されなかった時代だったのだ。動きで感情を表現することが極めて控えめだった、ということは映像には甚だ不向きな世界になるのだが、ひとつだけ、現代にはないすごい魅力がある。それは刀である。主君の命令とあればいつでも命を捨てなければならないという不気味さである。静かで控えめな日々の暮らしと、その奥底にひそむ刀に象徴された激しさ——」

井口清兵衛は日常生活をする侍としてはまことに冴えない男であるが、非日常では無形流の使い手である。藩内の政争で、上意討ちという刺客に選ばれる。清兵衛にとって表向きに大義があるわけではないが、これを無事にやりとげれば暮らし向きもよくなり、労咳の妻を温泉療養にやれるかもしれない。それが清兵衛にとっての「大義」であり、このことは自分自身の人生とあわせて、多くの読者が支持するところである。

「静かで控えめな日々の暮らしと、その奥底にひそむ刀に象徴された激しさ——」

このことが藤沢周平の世界である。井口清兵衛は理不尽ともいえる役目を振りあてられ、見事それに応えて、妻女の養生をかち取ることができた。命懸けで事に当たったのだが、妻女の温泉養生以上のことは望まない。

この刀こそが、世界のすべてを転換できる力の源泉である。藤沢周平はこの刀にいつも手をかけていた作家だ。

2007.6

すべての人が救われる物語

藤沢周平は心優しき人だなと、まず思った。苛酷《かこく》な運命にもてあそばれ、心ならずものことをしでかす人物はしばしば登場するのだが、それも因縁《いんねん》につき動かされてそうするので、その人物が本質的に悪いからというのではない。人は誰もが因縁を誠実に生きているといえる。つまり性善説なのである。

「験試し」にまず登場するおとしは、亭主に死なれて婚家を子供とともに出された寡婦である。鶴岡《つるおか》近郷の故郷の村で、貧しい実家に身を寄せている。そこで子供が川に落ちそうになり、崖っぷちでなんとかつかまえているのだが、腕の力が尽きそうになる。絶体絶命の状態での登場である。

そのおとしにしても、死んだ亭主のことも、弟を跡取りにして自分を子供とともに放り出した婚家の親のことも、うらんでいるわけではない。それぞれに襲いかかる厳しい運命にみんなじっと耐えている。耐えることが生きることなのである。

そこに山伏の大鷲坊が通りかかり、大力をだして不幸な母子を救い上げる。大鷲坊はこの村に住んでいた山伏の子で、いたずら小僧でみんなの手を焼かせた鷲蔵の成人した姿である。大鷲坊は村の神社の別当になるため、羽黒山《はぐろさん》から補任状《ぶにんじょう》をもらってきたのだ。しかし、その神社には月心坊《がっしんぼう》が住みつき、村の人たちの面倒をこまごまとみて、山伏の役目を充分に果たしている。だが彼は八年前、勝手に村に住みついたのである。羽黒山の書付けを持っていない。

羽黒山の山伏は神仏習合の山岳修験者《しゅげんじゃ》で、半僧半俗である。里に降りて妻をめとる山伏もいた。山に入り、行場《ぎょうば》で修行をして、常人にはない験《げん》を獲得できるとした。験とは超能力で、常人にはできない術をする。たとえば修験道の開祖の役行者《えんのぎょうじゃ》は自由に空を飛びまわり、自分が修行した金剛山《こんごうさん》と大峰山《おおみねさん》の間に岩の橋を渡そうとした。多くの修験者が、天変地異を治め、日常の病気を治し、人間を超えた能力を自在に使いこなしたとされている。

「験試し」にはこのように書かれている。

「村に住む山伏は、ご祈禱で病気をなおしたり、家を建てるとき頼まれて家相を見たり、八卦《はっけ》で失せ物を探したりする。また葬式があった家の火祓《ひばら》いをしたり、村人が神社で三山詣《まい》りの忌《いみ》籠《ごも》りをするときは浄火を切り出し、山案内に立つ。月心坊は、そのほかに頼まれて祝言の仲人をしたり、たまには村の子供を集めて字まで教えて、村人に信用されていたのである。」

月心坊は悪い人間ではない。ふらりと村にやってきて境内の中の家に住みついたといっても、そこは無住の家だったのだ。かつては山伏が住んでいたのだが病気で死に、家族がいつの間にか姿を消していた。そこにやってきた月心坊を村人は新しい別当だと思いこみ、改めて書付けを見せてくれなどとはいわなかった。実際、月心坊は山伏のやるべきことを、きちんと果たしていたのである。

だが、公式の大鷲坊がやってきた以上、月心坊は出ていかねばならない。村人にすれば気心の知れた月心坊が安心だが、とどのつまり宗教的行事をうまくこなしてくれ、村に何がしかの教養を持ち込んでくれる人物がいればそれでよいのである。

そのことで、邪悪な策略をめぐらそうとするものは、誰もいない。みんな運命に従順なのだが、運命がどのように展開していくかまったくわからないのである。人は善悪で生きているのではない。人の欲が呼び寄せてしまった因縁と因果に、うまく対処できないでいる。そのあたりに藤沢周平の思想があるように思う。生まれながらの悪人はいない。むしろ人は善悪を超えたところに生きている。

ここに村の秩序ともいうべき、次の肝煎《きもいり》と目される利助が、歩けなくなったおきくの脚を祈《き》禱《とう》で治せと難題をもちかける。月心坊も祈禱をしたのだが、結局治らなかったのである。

このあたりから私は藤沢周平という作家の、人間の眼差しを感じるのだ。どちらが法力があるかをくらべる場面なのだが、大鷲坊は祈禱をするわけではない。もっというなら、藤沢周平はいたずらに人を迷わす神秘性などによらず、闇に迷い込んだ人間のその闇を、一つ一つ解いていくのだ。この方法は現代人の私たちでも納得することができる。

おきくの病が、恋人を失った衝撃からきたことを突き止めた大鷲坊は、おきくを辛抱強く外に連れ出す。閉ざした心を、少しずつ開かせる。力ずくで強引に開くのではなく、合理的な治癒をほどこすのである。山伏の姿をしているが、大鷲坊は神秘主義者ではなく、医者だ。そして藤沢周平も、論理にならない超越性を方法とするのではなく、人間の日常から遊離しない誠実さを生きているのだ。

大鷲坊はおきくの白桃のように白い脚を触ったりもするが、それも結局、治癒のための見立てなのだ。おきくがついに歩く最後の場面は感動的だ。

「ついにおきくは蓆《むしろ》にたどりついた。祝福するように、大鷲坊がその頭に手をのせ、経の声が一段と高まったとき、おとしは背後にすすり泣きの声を聞いた。おきくの母親が泣いていた。その声に誘われておとしも眼に涙がにじむのを感じた。

人びとはこのときになって一斉に吐息を洩《も》らし、次いで呪縛《じゅばく》を解かれたように、いま見たことを話し合った。三左エ門の庭は、騒然としたざわめきに満たされた。人びとの背後から、足音を盗んで月心坊が逃げ出したが、誰もこの男を振りむかなかった。」

藤沢周平はすべての人を救わないではおかない。最終編「人攫《ひとさら》い」では、「箕《み》つくり」に攫われたおとしの子を追って、大鷲坊とおとしが山にはいる。麓《ふもと》の村にたまたまいた月心坊は、彼らの案内をすることによって、存在として救われる。おとしは子供を取り戻し、大鷲坊と夫婦になることによって、救われる。子供を攫った「箕つくり」の夫婦も、小説の中に登場するということはないのだが、大鷲坊とおとしに許されて救われる。その夫婦はひとり子に死なれたという因縁によって、そのようなことをしたのだ。子を失いかかったおとしは、命を投げ出すような旅の果てに、大鷲坊という伴侶を得た。すべての登場人物が救われるという、得がたい作品なのである。

もちろん一番救われるのは読者であり、それよりももっと救われるのが、作者の藤沢周平その人だ。

2008.9

魅力あふれる『林住期』にて

古代インドでは人生を四つの時期に分ける「四住期《しじゅうき》」という考え方があった。私たちの人生は迷いの連続なのであるが、時期で分けると、今何をするべきかよくわかる。人生の指針がはっきりする。

「学生期《がくしょうき》」
「家住期《かじゅうき》」
「林住期《りんじゅうき》」
「遊行期《ゆぎょうき》」

それぞれが二十五年を単位とする。二十五歳までの「学生期」は、大学の学部を卒業し、会社にはいったとしてもまだ一人前の働きはできず、勉強中である。大学院を卒業する年齢にもあてはまる。

つづく五十歳までが「家住期」で、家族をつくり、ばりばり働いて、子供を巣立たせる。この時期が従来は人生の黄金期と見られていたのだが、そうではないと五木寛之さんは実に説得力のある論で説く。

「五十歳から七十五歳までの二十五年間。

その『林住期《りんじゅうき》』こそ人生のピークであるという考えは無謀《むぼう》だろうか。私はそうは思わない。前半の五十年は、世のため人のために働いた。後半こそ人間が真に人間らしく、みずからの生き甲斐《がい》を求めて生きる季節なのではないか」

この文章を読んで、まさに『林住期』にある私は、我が意を得たりと膝《ひざ》を打つ。私は六十歳になった。ここまで家族のために歯を喰いしばって頑張ってきた。もちろんそれが自分のためでもあると信じてきたのである。子供たちはそれぞれに家を出て家族をつくり、かつて子供たちが走りまわっていた家では、ひっそりとした時間の中に妻と私とがいる。

　ここから出発するのだと、五木さんは私を鼓舞してくれる。会社勤めの友人たちは、定年を迎えて家に帰ってきた。ここまで人生上で精神的に物理的に縛りつけられていた仕事から解き放たれ、本当の自分を生きる時間ができたのだと考えたい。本当の自分とは何か。そのことを見失ってしまったのでは、その後の人生の充実は望むべくもない。苛酷《かこく》な「家住期」を生きて、精魂込めて仕事をしてきて、そのことを通して人間形成もしてきた。人間関係を蜘蛛《くも》の巣のように張りめぐらせ、それがよいことだと信じてきた。だが定年になって、会社との契約によって仕事が取り上げられると、すべてが失われてしまう。ここにきて、自分の人生はこれでよかったのかと立ち止まっている人もいる。会社に怨みを持つ人さえいる。気力をなくし、ここから先は余生だとあきらめてしまっている。だが五木さんは、「『林住期』こそ人生のピークである」という。

　団塊の世代への励ましのようにもとれるのだが、五木さんの視野はもっと広い。戦争を原点として生きてきた五木さんにとって、平成の時代をどのように生きたらよいかという、後進の世代への励ましでもあるようだ。本書の巻末に載せられた「韓国からインドへの長い旅」を読むと、十三歳で朝鮮の平壌《ピョンヤン》で敗戦を迎え、両親を失い、修羅の現実を生きのびてきた五木さんからの、哀切なメッセージとも読める。

「戦後六十年を過ぎ、高度成長の夢と現実を通過した平成のこの国は、いま、いやおうなしに成熟の季節を迎えなければならない。戦後復興期《ふっこうき》の二十五年をこの国の『学生期《がくしょうき》』とするならば、その後の二十五年の高度成長期は『家住期《かじゅうき》』にあたる。

そしていま私たちが向きあっているのは、戦後第三期の二十五年間、まさに『林住期《りんじゅうき》』のとば口《くち》だ。

そしてその時代を支える最大グループこそ、いま若者志向社会から『ジジイ』あつかいされている五十代から六十代の最多世代にちがいない。すなわち『林住期』に属する団塊こそが、この国の文化と精神の成熟の担《にな》い手となるのではあるまいか」

まさに私の世代の生き方が説かれているのではないかと、私は心強く思う。だが五木さんの視野はなお広い。「林住期」には誰でもなるのだから、それよりも若い「学生期」や「家住期」の人への生き方の指針でもある。「林住期」を成熟期として過ごすためには、それ以前の準備が必要なのである。

いま引用した文章は、この国のあり方ということだ。この国に生きる私たちは、「家住期」にあたる二十五年間の高度成長期を過ごし、バブル経済崩壊を経験し、そこからいまだ立ち直り切っていないように思われる。好景気に浮かれ、消費にうつつをぬかし、成熟への準備を怠ってきた付けがまわってきたのである。歴史を遡《さかのぼ》ることはできないが、反省することはできる。反省もなしで、私たちは必ずやってくる新しい時代を生きることはできない。

この国は確かに「林住期」を迎えたのである。静かに林の中に暮らし、深く瞑想《めいそう》して、精神世界を充実させる。なるほどそれは魅力的な生き方だ。よく働き、よく税をおさめる「家住期」の生き方は、国家体制が強力で、経済が着実に発展する時代のものであろう。個々の世代論は別にしても、国全体が浮き足立つような生き方をしていたのでは、たちまち立ちゆかなくなってくる。落ち着いた「林住期」の生き方をしなければならないのは、道理というものだ。

こう書いてきて、私は五木寛之という作家の、いつもながら時代の数歩先を見据える視点の強さと確かさに感服する。この昏迷《こんめい》する現代に、古代インド人の生き方を持ってきて一条の光とする。それは五木さんでしかなし得ないことなのだ。

これは国家論であると同時に、個人の生き方である。国家も一人一人の集まりである以上、一人一人の生き方をただすより他に時代が変わる道はない。一人は全体のためになることを望んでこの世に生を享《う》けたのだが、国や社会制度へ貢献をするというより、人間としてどのように存在するかということが大切なのだ。親や妻や子に奉仕するため生きる以前に、この世に享けたたった一回の生を、無常にさらされた限りある時間内で、どのようにまっとうするかが最大の問題なのである。そのことを真摯《しんし》に、同時にアイディアに満ちて論じたのが本書である。

二〇〇八年七月三十一日、厚生労働省は日本人の平均寿命を公表した。それによると、女性八十五・九九歳、男性七十九・一九歳で、過去最高である。日本は世界一の長寿国となり、歴史上体験したことのない長命の時代になったのである。与えられた長寿という時間をどう生きるかが、誰にも避けて通れない重要な課題になった。

長いこと私は、短命の時代こそ人の気力を増すと考えてきた。幕末の志士たちは、ほとんどが二十代で倒れている。京都で暗殺された坂本竜馬の享年三十二歳が、長命と思われるほどである。短命の時代、人は生き急ぐ。長命の時代は、まだまだ先があると思ってだらだら過ごしてしまう。

日本人の寿命は、長いこと五十年とされてきた。弥生人の寿命は二十年であったといわれ、奈良時代には三十八年程度であったとされる。

余談であるが、伊勢神宮の式年遷宮が定められたのは天武天皇の飛鳥時代で、二十年で建物や神の使われるすべての道具類をつくり替えなければ、技術の伝承ができなかった。一人が生きる三十八年の間に、大工やその他の技術を習得し、その技術を後の世代に伝承していく。二十歳で技術者として一人前になったとしても、残された十八年で後進を指導して技術を伝えていくには、時間が充分とはいえない。それなら実際に現場でやってみるのが手っ取り早い。二十年遷宮は、一人の生涯で必ず一回は大仕事ができるという計算が成り立つ。二十年という時間は、技術の伝承にとってはぎりぎりの時間だ。かくしてこの緊張感の中に、伊勢神宮は古代の様式を寸分と違わず今日に伝え残したのだ。これが精神性というものだろう。

だが良いとか悪いとかの選択の余地なく、私たちは長命の時代を生きなければならない。それが時代ということなのだ。これを良きこととととらえるのが、五木さんの考え方である。「私がくり返し提言しているのは、『林住期』に対する価値観の変革《へんかく》である。人生のまっ盛りを『家住期』としてとらえ、そこをピークとしてみる従来の考えかたを、根底《こんてい》から打ちこわすことが必要なのだ」

このように考えると、「家住期」からでは女性は三十五・九九年、男性は二十九・一九年あり、この期間を充実して過ごすことが何よりも大切であろう。「林住期」の具体的な迎え方として、五木さんは提言する。

「できれば生活のために働くのは、五十歳で終わりにしたい。社会への義務も、家庭への責任も、ぜんぶはたし終えた自由の身として五十歳を迎えたいのだ。

生まれてから二十五年間は、親や国に育ててもらう。それから五十歳までの二十五年間を、妻や子供を養《やしな》い、国や社会に恩を返す。

できることなら、後半生を支えるプランを確立し、早くから五十で身軽になることを宣言しておく。

五十歳を迎えたら、耐用期限を過ぎた心身《しんしん》をいたわりつつ、楽しんで暮らす。それが理想だ」

このような提言を受け、身も心も軽くなってくる人は多いだろう。私もその一人だ。心の底でかねがね思っていたことを、はっきりといってもらったような気がする。せっかく迎えた「林住期」を楽しく充実させていこうと念願する。

「放下《ほうげ》」

そのために必要なのは、このことだ。放ち捨てれば掌《てのひら》の中に満ちる。まず放下からはじめなくてはならない。

2008.10

ラブミー農場からの手紙

深沢七郎さんのハガキはどこかにまぎれて今はもう手元にないのだが、ボールペンで書かれた文字ははっきり覚えている。

これからは、一日一字でいきます。

これだけの文面で、表に宛先と差出人の住所氏名が書いてある。これではなんの手紙なのか、他人にはさっぱりわからないだろう。

その夏のはじめ頃、私は当時文芸誌『すばる』編集長であった水城顕《みずきあきら》さんに連れられて、埼玉県菖蒲町にあるラブミー農場に深沢七郎さんを訪問した。深沢さんはそこで畑をつくりながら小説を書いていた。「楢山節考」の深沢さんはすでに大家だったので、気が向いた時に鉛筆を持つという感じではあった。

めったに書かない深沢さんの作品を、文芸雑誌の編集者たちはみんな欲しがっていた。水城さんもその一人であった。ずいぶん後に水城さんは会社を早期に退職して、石和鷹《いさわたか》という名前で小説を書く。そのペンネームは深沢さんがもともとつけたもので、深沢さんの命名では顔が黒いから石和烏《からす》というのである。烏だと泥棒して食べているような印象があり、威厳もないので、水城さんは自分で鷹と直したのだった。石和は深沢さんの生まれ故郷である。

当時の私は三十歳代半ばの若手で、水城さんの雑誌に毎月書けたら書けた分だけ載せるという長大な連載小説を書いていた。水城さんは深沢さんに、若手のバリバリの生きのいいのを連れていくからといったと、後年水城さんの口から私は聞いた。

甲州人の深沢さんは、気にいった人がくると故郷のブドウ酒を出してふるまう。深沢さん自身は一滴も飲まない。下戸の酌はきくというとおり、相手の調子など考えずどんどんつぐ深沢さんの一升壜からの酌で、水城さんも私も相当に酩酊した。私は当時住んでいた宇都宮の家に、ほうほうの体で帰ったものである。

その席で、妙なことが決まった。その夏に深沢さんと私が小説書き競争をすることになったのだ。私は酔っていたし何をするのかよくわからなかったので、何月何日何時頃ラブミー農場に再度くることを約束した。私は長編小説をどっちみち書かなければならないのだから、どこで書いてもいっしょだと思った。

約束の日に私がいくと、ステテコに丸首シャツ姿ででてきた深沢さんはこういった。

「俺は渡り鳥のジミーだ。君をなんと呼ぼうか」

私はルイ・アームストロングのテープを聴きながら運転してきたので、サッチモと呼んでくれと咄嗟に応えた。アームストロングのニックネームである。

深沢さんを呼ぶ時、ジミーといわなければ怒られる。尊敬する大家をジミーと呼ぶのは、どうも慣れなかった。ラブミー農場にはヤギの鳴き真似がうまいからヤギと呼ばれた若者がいて、その時は肝炎を患って退院してきたばかりだったから、カンエンさんと呼ばれていた。食事はカンエンさんがつくってくれるから、ジミーとサッチモはひたすら小説書き競争をしていればよかった。

食堂の大きなテーブルに両者が向き合い、ヨーイドンで小説を書きはじめるのだ。午前、午後、夜と、スケジュールはびっしりであった。私より体力的に劣るジミーは、部屋に倒れて死んだふりをすることもあった。

その時、深沢さんは珍しいことに何編か短編小説をつづけざまに書いて発表した。その何編かは水城さんの雑誌にいき、私の原稿も水城さんの雑誌にいった。小説書き競争の選手たちは一週間の激闘で疲れ切ってしまい、真の勝者は編集者の水城さんだった。

そんなことがあって私は疲れに疲れて家に帰り、間もなく受けとったハガキがこれだ。ラブミー農場には当分くるなということかなと、私は解釈してそのとおりにした。

中上健次、初対面から

2006.7

　中上健次とはじめて会ったのは、新宿の風月堂であった。私は河出書房新社の編集者金田太郎から、同年代に才能豊かな作家がいるから会っておいたほうがいいだろうといわれ、お互いの知っている場所として選んだのが風月堂だったのだ。今思えば風月堂は、フーテンの溜まり場といわれ、前衛芸術家の議論の場として当時の世相を表わした有名な場所であった。いわば思わせぶりな場所であったのだ。

　中上健次にしろ私にしろ、初対面にそのような場所を選ぶのは、他の場所を知らないということはあるにせよ、お互いに一種の見栄を張っていたのだろう。後に中上のエッセイを読んで、新宿のジャズ喫茶「ピットイン」や「ビレッジバンガード」あたりに出入りしていることを知るのだが、私もまた山下洋輔トリオの早稲田大学のバリケード内での演奏を、マイナーレーベルでレコードにしたりしていた。同時代を生きているそんなにおいを感じていたから、お互いに風月堂で待ち合わせたのだろう。

　遠い私の印象では、彼は立って私を待っていた。膝の抜けたズボンと、汚れたバックスキンの靴をはいていた。上着もよれよれのブレザーで、どう見ても裏ぶれた姿なのだが、顔はにこにこしていた。笑うと目が細くなる人なつっこい表情が印象的であった。私もジーンズにジャンパーを着て、どのみちよれた格好をしていた。

私は中上の「日本語について」や「灰色のコカコーラ」や「鳩どもの家」を読んでいて、これがあの作品の作者なのかと思うと、自分の世界観を楯に世の中のことを斜に構えていなすのではなく、彼なりに正面からぶつかって満身創痍になっていく主人公たちと重なって見えた。格好だけのいかがわしい連中がたむろする新宿の風月堂で、本当のものがここに裸で立っていると思え、痛々しいような気分になったことを、いまは微かに思い出すことができる。

その後何度も会い、お互いの作品を読むにおよんで、当然彼のことを深く知る。昼間、彼は羽田空港のフライング・タイガー社という航空貨物会社でフォークリフトの運転手をやり、私は時折寄せ場の山谷にいき、身体から火の出るような肉体労働をしていた。中上は『文藝首都』に拠って小説を書き、私は『早稲田文学』に拠っていた。つまり、似たような生活をして言葉の表現をしたいという同じ強い思いを抱いていたのだ。

そんな雰囲気を編集者金田太郎はよく察知し、二人にまともな原稿を書かそうとしていた。お互いを紹介するというのも、刺激を与えようとする編集者なりの考えによるのであろう。だが編集者の引き合わせ以前に、同時代にものを書き出した中上健次という男に、私は同志的な思いを抱いていた。そんな空気が根底にあったからこそ、新宿の風月堂での初対面という設定は、それなりに意味があったのだとも思える。

その時に何を話したのだったかは、まったく覚えていない。どんなことを話すかというより、あの時が初対面だったなという印象が生々しい。

それからは何度も会う機会があった。編集者が間にいる時もあったし、いない時もあった。いわば、その時が彼との蜜月の時代だったのだ。会えば、お互いの作品の批評をしあった。彼の批評家としての資質は天賦のもので、数行読んだだけで全体を掌握してしまうというようなものである。そのたび私は彼と酒場の片隅で批評をしあったりしたが、百戦百敗である。彼のための文章を書いているから、こういうのではない。本当にそうなのである。

二十歳代半ばの時、私は生活を建て直すために、故郷の宇都宮に帰ることにした。小説を盛んに書いてはいたものの、生活を支えることなどとてもできなかったのだ。私には女房がいて、子供までもできていた。もちろん彼も同様である。文学を捨てるという気持ちはまったくなくて、田舎暮らしをしながらでも小説は書けるだろうという気持ちであった。

その時、彼は田舎になど帰るなとはっきりいった。その声が今でも耳に残っている。立松は駄目になると、人にいったことが私に聞こえてきたりした。文学至上主義者の彼にすれば、生活の手段を求めるため故郷に帰るという私の生き方が、安易で生ぬるく見えたのだろう。私とすれば、文学はどの場所からでもできる自由自在なものだと思えていたのである。

私は妻のつくった弁当を持ち、毎朝歩いて宇都宮市役所に通うという平凡な勤め人の生活をはじめた。書いてはいたのだがなかなか発表することができず、鬱屈した日々を送った。そんな時に、私は彼の「枯木灘」を読み、衝撃を受けた。担当した金田太郎から私も怠けている場合ではないだろうという意味のアジテーションをもらった。私は五年九カ月間勤めた市役所を辞め、長年あたためていたモチーフで小説を書きはじめ、出来た原稿を金田太郎に渡した。それが「遠雷」である。

中上健次も金田太郎も、いまは亡き人である。私とすれば一人生き延びているなあという忸怩たる思いがないわけではない。

2008.8

一九七三年の中上健次

本当に久しぶりで、二十年ぶりといってもよいかとも思うが、私は書架から中上健次『鳥のように獣のように』を出して読んでいる。熱度の高い彼の文章を一行読めば、たちまちあの時代が甦ってくる。中上健次は一九六〇年代後半から一九七〇年代前半の空気を全身にまといつかせて私たちの前に登場したのである。

タイトルにひかれて読みはじめたエッセー「働くことと書くこと」は、一九七三年五月三十一日東京新聞夕刊に発表された。当時の新聞のザラ紙やインキの臭いまで甦ってくるような文章である。

ぼくは働きながら小説を書いている。単純に生きている。しかしそれは作家としてみた場合奇形なのではない。あたりまえのことだ。生活やその感覚が確固としてあった昔の小説家の位置を、ちょうど一回ひっくり返したあたりで、いつも透けてみえる単純な一人の男の生活に鼻つらつけて、いわば自分にもって生れた業のようなものとして女々しくおぞましく思いながら書いているにすぎない。

彼は自分の生活している地平から文学状況を眺めわたし、単純なくり返しに耐えて多くのものがそこにいる肉体労働の現場と、文学がなんの触れ合いもないことに激しく苛立っている。生活感覚のない文学など、自分とは無縁である。だが実際の生活は「いつも透けてみえ」、「単純」であることから逃れられない。そこに「鼻つらつけて」、「自分にもって生れた業のようなものとして女々しくおぞましく思いながら書く」という自己認識は、内向の世代の後からやってきた文学世代に共通のものであった。

彼と一歳下で、つまり同世代の私も、そのように感じていた。だが私などはまだ言葉を持っていず、そのことをはじめてはっきりといったのは中上健次なのである。だからこそ彼の言葉には説得力があった。新聞などに発表された文章ばかりでなく、酒場での私にとっては直接的な会話などでも同じである。

　このエッセーが発表された頃、彼は羽田空港の航空会社の貨物部門に勤め、フォークリフトやウィンチで貨物を積み込む仕事をしていた。職人としてその仕事をする時の彼の同じエッセーの文章は、生き生きとして明るく、誇りに満ちている。労働がそのまま誇りであるような生活感覚に満ちあふれた文学は、彼や私の身のまわりにはなかったのだ。つまり、彼はいまだないものをつくろうとしてあがいていたのであった。

　ここにはもちろん文学状況というものが影響している。当時の文学の中心にいたのは、市民の日常的な生活の中でいわば安定している内向の世代といわれる人たちであった。中上健次は生活実感としては批判の根拠を持っていたのだが、文学の達成ということではまだ充分な批評の言葉を持っているのではなかったかもしれない。それでも彼は感覚で殴りつけるように書く。『関係』を描くのが、わいざつなつきあいを描くことみたいな」や、「実際の肉体労働を知らないで労働を文学的にとらえる」ということが、「ぼくにはわからない」と、それでも控え目ないい方をしている。

　だがもちろん、彼は自らの生を肯定的にとらえているのではない。肯定と否定がないまぜになり、やがては破壊衝動にもなる。未来への道は見えていて、それを実現しようとする夢のような感触はあるのだが、まだ実現されたのではないというもどかしさである。

　今読み返すと、その時の観念を彼は見事にとらえてこう書く。

ぼくは時どき、自分が植物のように、生きているにすぎないと思いはじめ、やみくもに凶暴な想像にとらわれることがある。地表におちた種子のように発芽し、根をのばし葉をひろげ、花を咲かせ実をつけて枯れる。それはほとんどぼくの単純な生きかたといっしょだ。ぼくにとって労働とは植物が表面から水と養分をすい、葉で光をうけるのといっしょである。

私がこの文章を書いているのは二〇〇八年六月十日で、彼がこのエッセーを書いてから実に三十五年の歳月がたっている。三十五年前のエッセーを読んだ私の耳に、若々しいのだが深く苛立った彼の声が、肉声として甦ってくるような気がしたのだった。

三十五年前、中上健次は羽田空港のフライング・タイガー社で働き、私は生活費を稼ぐため月に十日ほど山谷の寄せ場にいって働き、時どき新宿に汗臭い身体を運んできては待ち合わせて酒を飲んだ。私たちの前には茫漠とした空間が広がっていて、それは沃野か苦悩の荒野かはわからなかったのだが、文学をしようとする以上、そちらの闇に向かって歩いていかなければならないのはわかっていた。私は彼と同じ時代を生きてきたのだという実感がある。

もし中上健次が生きていたら、今のこの時代をどのように語ったかと、私は考えることがこの頃しばしばある。

わが無頼の友よ花吹雪け

喉頭《こうとう》摘出手術を受ける数日前、私は福島泰樹に誘われて東京の阿佐ヶ谷にある石和鷹邸にいった。福島泰樹は歌人として有名だが、東京下谷《したや》の法昌寺住職で、石和鷹はその檀家《だんか》なのである。そしてまた石和鷹は本名水城顕といい、文芸誌『すばる』の元編集長であった。福島泰樹には私が紹介し、水城顕は編集長時代積極的に現代短歌を世に紹介した。そしてまたまた、私たちは酒場の親しい友であった。飲めば文学談義に花が咲き、午前様になるのもしばしばだった。さすれば私や福島泰樹が、石和鷹を病気に追い詰めたということになる。そのことも一部あるではあろうが、私たちがいようがいまいが、石和鷹は誰かを見つけて飲んでいたのだ。その破天荒ぶりが、最後の無頼派の異名をとったのである。無頼派の文士たちがそうであったように、酔えば酔うほど文学に対する真情が露《あら》わになり、文学が信仰になってくるのだった。

福島泰樹が私を石和邸に誘ったのは、最後の声を聞いておこうということであった。下喉頭《かこうとう》癌《がん》が身体《からだ》の深くに根をおろし、そこから生還するためには、喉頭摘出手術をするしかない。咽《いん》喉《こう》に穴があけられ、そこで呼吸することになる。口や鼻からの空気が肺に送り込まれることはなくなり、そもそも咽頭がなくなるのだから、もう声をだすことはできない。

2000.1

無頼派の作家を生還を期して病院に送るには、それなりのやり方がある。福島と私とは一升壜《びん》をさげていき、石和鷹の目の前で酒盛りをしたのである。石和鷹はだみ声を張り上げてがらがらと笑い、もちろんぬきさしならない深刻さを秘めながらではあったが、大いに文学談義をしたのだ。福島は豪放磊落《らいらく》な怪僧らしく、最高のお葬《とむら》いをだしてやるなどと放言したのである。私は自分がいったことで、たったひとつだけ覚えている。これほど生死の境を歩いたからには、傑作の一作ものにしなければつまらない。傑作を書くために病院にいくと思えばいいじゃないか。

福島と私は病人の目の前で酒をがぶ飲みした。石和鷹の分まで飲んだ。石和鷹は自分のため湯呑茶碗《ゆのみぢゃわん》に酒をくみはしたが、さすがににおいをかいだだけでやめておいた。石和邸をでてから福島と私とは飲み足りない気分が強く、阿佐ヶ谷の駅前で友のため泣きながら痛飲したのだ。石和鷹は文学の現場に必ず帰ってくると確信しながら……。

その日、福島と私は石和鷹がカルチャースクールの講義が残っているので最後まででるというのを、体力を消耗するからそれぞれに代講をすると約束をしたのだった。私はその時の気持ちを書いているので、自分自身の文章ながら引用してみる。地下鉄を早稲田で降りると、学生たちが歩道からこぼれんばかりに歩いている。

「約束までまだ少し時間があった。約束とは早稲田大学オープンカレッジで、私が一時間半の講義をすることであった。私はピンチヒッターである。講師である友人が癌におかされ、それでもなお責任があるから講義にでようとしていた。それよりも自分の命を考えて療養に専念すべきだと、私が代役をつとめることにしたのだった。

講義など私の柄ではない。でも日本の短編小説についての話なのだから、なんとか私にもつとまるであろう。友人の苦痛にくらべれば、私の講義についての不安などものの数ではない。

キャンパスからあふれだしてくる学生たちの間を歩いていると、穴八幡《あなはちまん》の石段が見えた。早大の卒業生である私は、ふと懐《なつ》かしさを覚えて石段を登っていった。

境内にはイチョウの葉が散っていて、闇《やみ》の底でぼんやりと金色に光っていた。小さな金の木の葉があちこちにある。死と闘っている友人のために私は祈る。

誰もいない境内を歩きながら、私はまた別の世界にはいってきたような気分であった。下の歩道には人が大勢いるのに、石段を登っただけで一人もいなくなる」（『貧乏自慢』より）

あの時の悲愴《ひそう》な気分が甦《よみがえ》ってきた。手術をすませ、石和鷹は私たちの暮らす娑婆《しゃば》世界に戻ってきたのだった。面会謝絶が解除され、さっそく私は癌研究所附属病院に石和鷹を見舞いにいった。いろんなチューブでつながれてよそにいくことはできなかったのだが、石和鷹はいつもの悠揚として迫らずの態度でベッドにあぐらをかき、思ったよりも元気であった。声は失われていた。だが言葉まで失われたわけではない。私の顔を見るなり、石和鷹はにこにこしてホワイトボードにマジックで文字を書いた。

「一にケンコー、二にゲンコー」

石和鷹はまだまだ小説を書くつもりだと、私は嬉《うれ》しくなる。健康で気力がなければ、原稿は書けない。石和鷹の筆談と夫人の説明により、手術は十時間もかかったことを私は知るのだ。腸をとって食道につなげる様子を、彼は図解で説明してくれる。血管も一本一本とってつなげたそうだ。喉《のど》のところに穴をあけ、呼吸はそこからする。間違って風呂《ふろ》にはいると窒息するよと、石和鷹は笑ってホワイトボードで説明してくれる。自分の身体の変化を楽しんでさえいる様子である。

人間というものは、どんな状態になっても自分を客体化している目を一方に持っているべきだ。それがあるうちは精神が健全に働いているということである。まして小説家なら、自分自身が最高の素材なのだ。

十日後、私は再び癌研に見舞いにいった。大塚駅から五、六分歩き、病院の裏口で名前を記入して面会カードをもらう。石和鷹はベッドの上で一人で夕食をとっていた。腹が減って仕方がないのだという。もちろんチューブははずされ、自由に歩きまわることができる。階段の登り降りもできるという。手術後の経過は順調であった。

「もどかしいです」

しゃべれない気持ちを、石和鷹はホワイトボードに書いて説明する。だがしゃべれない分、言葉は重く部厚く内部に沈潜する。小説が立ち上がってくる気配だ。

「救命センターで手術後に出血して、切開をやり直した時には、もう死ぬと娘は思ったそうです」

言葉が少しずつあふれてくるとばかりに、石和鷹は書く。自分では何もわからないんでしょうと私がいうと、石和鷹は笑って頷《うなず》く。自分自身を見るしたたかな目がある。石和鷹はいよいよ大仕事にとりかかる気配だなと、私は感じたものだ。石和鷹の最後の長篇小説「地獄は一定すみかぞかし　小説暁烏敏」は、こうして書かれたのである。身を刻み、命を削るほどの仕事であったはずだ。

八月初めの、気温が正午に三七度を越えた猛暑の日、かねてから痛んでいた私の右上の奥歯が一本、ほろり、と抜け落ちた。癌病院からの帰り道だった。炎天下の路上で、私は掌《てのひら》の上の腐蝕《ふしょく》し汚れた歯をしげしげと見た。すると突然、耳もとに、誰やらの低い声が響いたのだ。

「地獄は一定《いちじょう》すみかぞかし」

ふたたび三たび、それは間を置かず、われ鐘のように耳の奥にこだました。地獄は一定すみかぞかし、とても地獄は一定すみかぞかし……。

小説が立ち上がってくるのは、無残ともいえる廃墟《はいきょ》となった肉体からである。この身を自ら地獄に落としてそこから醒《さ》めた目で自己を見据える無頼派の真骨頂が、ここにあるのだ。地獄の底から響いてくる言葉は、口先からでる言葉などとは違い、魂そのものなのである。

『歎異鈔《たんにしょう》』に語られる地獄が、ただ単なる肉体上の苦患《くげん》のみをさしているのではないのは言うまでもないが、あぶら照りの街の一角で、叫びも歩行もならず、歯まで抜け落ち、踏んだり蹴《け》ったりの思いに落ちこんでいた私の胸に、「地獄は一定すみかぞかし」という言葉は、鉛の弾《たま》のように重く、けれどなぜか慰撫《いぶ》の響きをともなって、深々と撃ちこまれた。ここよりほか、どこへも行きようがない、行きつくところまで行きついた、という思いだった。


行きつくところまで行きついた地点で書かれたこの作品は、その出自からして高貴な輝きを放っている。読めば一目瞭然《りょうぜん》なのだから、私は作品の説明はあえてしない。この作品が生まれてきた具体的な作者の状況を語る。つまり、「地獄は一定すみかぞかし」は石和鷹が自分の命と交換した絶筆なのである。

この作品は文芸誌『新潮』一九九六年十月号から十二月号まで、三回に分けて掲載された。癌が再発し、作品の進行とともに石和鷹の病状は悪化していった。だがこの作品を仕上げなければ死ぬわけにはいかない。『新潮』に掲載されることが決まり、校正刷りがでた時、著者校正をする力が残ってないよと私は石和鷹にいわれた。それなら私が著者校正をしようと申し出たのだが、石和鷹は最後の最後の力を振り絞ってこの作品を完成させたのだった。

最後に、わが畏友《いゆう》福島泰樹がゆきし石和鷹に送る三首（歌集『茫漠山日誌』より）。

さらばわが無頼の友よ花吹雪けこの晩春のあかるい地獄
敗れまた破れかぶれの欲望の手負いの鷹を飛び立たしめつ
しみじみと情《こころ》の酒を酌《く》みたるよ俺の隣に席をもうけて

2000.3

放下の境地——池田遙邨回顧展に寄せて

日本画家、池田遙邨《ようそん》の「行きくれてなんとここらの水のうまさは」と題する絵では、笠《かさ》が緑の草の上に脱ぎ捨ててある。裏返しになった笠の中には、墨染めの衣と数珠が置いてある。絵の上部には小さな川があって水が流れている。脱いである墨染めは着ているもの全部というほどではない。これを着ていた人は下着にでもなって身体を洗っているのだろうか。「行きくれて…」は、もちろん種田山頭火の自由律俳句だ。雲水で行乞《ぎょうこつ》の旅をしていた山頭火の姿はここにはなく、あるのは遙邨の目である。行方定めぬ旅でも行きくれることはあるだろうが、山頭火の旅そのものが人生に行きくれた果ての行いであったはずだ。だがこの行きくれた旅は、遙郁が見ればなんとのびのびとしていることか。

山頭火の俳境は、禅でいう放下《ほうげ》である。放てば掌に充《み》てりというように、すべてを捨ててしまえば得るものも大きいということだ。執着して何も捨てずただ得ることばかりを考えていれば、結局何も得ることはできない。山頭火はすべてを捨てて多くを得るという人生の極意を生きた人で、放下の人なのである。遙郁はこの放下の境地を描いたのだ。

行きくれた果てに、水のうまさを発見する。どこかにいこうとして気持ちが焦っていたのでは、いくら水を飲んでもうまくない。山頭火には行きくれたことを楽しんでいる余裕さえ感じられる。そもそも雲水とは雲や水のように一処不住であり、居所を定めず、師を求めて修行し、家々を托鉢《たくはつ》しつつ各地を行脚巡行する修行僧である。衣食のことに心をわずらわしてはいかぬというのが行雲流水であり、水のごとく流れゆきての境地であったからこそ、水の本当のうまさを感じることができるのだ。

おのが身すらも捨ててしまったというのが、この絵なのである。山頭火の肉身はここにはなく、境地ばかりがある。画家は解釈しているのではない。山頭火の境地に画家自身もはいろうとしているのだ。

この絵からは澄んだ水音が響いてくるし、絵の前に立っていると冷たい水が喉《のど》に触れて過ぎていくような気さえする。そう感じるのは、私の中に渇仰があるからである。

「貧《ひん》にして貪《むさぼ》らざる時は先《ま》づ此《こ》の難を免《まぬか》れて安楽自在なり」

道元の言葉である。財があれば、これを守ろうとして争いが起き、心が乱される。何もなければ闘争も起こらず、安楽で自由自在だ。頭でわかってはいるのだが、なかなかそうはできない。

山頭火は行きくれた上に自分の歩くべき道さえも結果として捨ててしまい、水のうまさと出会う。安楽自在の境地にいる山頭火は、日々の塵《ちり》の中で苦しんでいる私たちには遠いあこがれである。捨てればいいのだとわかっていても、実際にはなかなかできない。遙邨の絵からは、誰《だれ》の心からも洩《も》れてくるような呻《うめ》きが響いてくる。そのことに共感を覚えるのだ。

2000.5

「沈黙の画家」の雄弁な絵

「常田健展」が大阪で開催されるその前夜、展覧会の図録に文章を寄せている縁で、主催者から私のところに電話がはいった。女性の気落ちした声で、常田健さんが亡くなったというのだ。展覧会の準備もようやく終り、開催を待つばかりの時に、この訃報だ。展覧会は急遽回顧展になってしまったのである。主催者の電話は訃報のためばかりではなく、展覧会場に貼りだす弔文を書くようにとの依頼であった。あまりにも急のことで、私はその場で原稿用紙を開いてペンをとった。

「常田健さん。

この世に宝をいっぱい残して、御自身では欲などこれっぽちもなく、静かに土に帰られました。

見事な生き方です。

立松和平」

電報のような文章しか書けなかった。ファックスの機械にいれながら、長く書けばいいのではないが、どういっても言葉は足りないのだという思いに私はとらわれた。

図録におさめられた口絵の写真には、アトリエにいる常田さん、アトリエの前で降る雪の中に立っている常田さん、雪に埋もれている簡素な土蔵のアトリエの風景が使われている。二枚の写真の中で、アトリエの内でも外でも常田さんは紺色の同じ防寒着を着ている。アトリエの中ではもちろんストーブはたかれているが、あまり暖かくはないのかもしれない。この時常田さんは八十九歳だろうか、全国展をやるほどになった画家としては、威厳に満ちたところや尊大なところはまったくない。

「私は専ら忠実に農村の実体にせまろうと努力しているだけです」

アトリエの常田さんの写真の下に、画集『常田健』の跋文よりとして、このような言葉がのせられている。田んぼで米をつくるのと、絵を描くのと、どちらが偉いのかと問うている常田さんが、まっすぐこちらを眺めている。常田さんの絵はいつもこのようだ。常田さん自身は昔からまったく変わらないのだろうが、変わり過ぎてしまった時代や私たちへ、終始疑問を投げかけてくるのである。本当にこのまま生きていってよいのか、と。

冬のアトリエの光景がつづき、グラビアのページをめくった最後に、りんご畑で笑っている常田さんの写真がある。秋らしく、常田さんは満ち足りた顔をして、その頭上には赤く色づいたりんごがたわわに実っている。

「私は絵の方はパッとしないが、りんごづくりは一人前になったと村の先輩にいわれるし、自分でもそう思います」

青森美術会機関紙『青森平和美術展』三十周年特集号よりとった常田さんの言葉は、こうである。本当にそうだなあと、私はしみじみした気持ちになる。もちろん常田さんの絵はパッとしないわけではないのだが、りんごは確かに重そうにいっぱい実っている。食べれば、きっと甘くて酸っぱいだろう。おなかもいっぱいになるだろう。持つとずっしり重いりんごは、充実している。見るばかりでおなかがいっぱいになるわけでもない絵と、かくも充実したりんごと、どちらが偉いというのだ。

そんなふうに思ったりもするのだが、どっちみち常田さんは偉いのだ。津軽の農民を魂をぶつけるようにして描いた常田さんの絵には、うまく描いて人に感心されようとか、賞をもらって偉い人だなあと思われようとか、少しでも高く売って暮らし向きを楽にしようとか、そんな発想はまったくない。ただまっすぐに対象と向きあい、絵を描く。素直に、祈るように描く。描くのはもっぱら津軽の農民たちで、それは常田さん自身なのである。あまりにもまっすぐだから、そこには世間に対する妥協などはいる余地はない。つまり、常田さんの絵は、常田健そのものなのである。

図録に、常田さんは「絵を描くということについて」という文章を寄せている。

「私のモチーフは昔ながらの農民、もも引きに『あしたか』の時代から、だるま靴になり、ズボンになり、長靴になり、今やデパートなみの服装になった。——（略）私としては、それを描きたいと思ううちにその時期が過ぎ、また次の時期を描きたいと思ううちに、その時期が過ぎ去ったようで、なんとも愚かしいことだと思う」

時代は常田さんの横を過ぎ去っていったわけではない。常田さんの絵の中に、消えてしまった時代のことが鮮明に描き残されている。消えたものがどんなに大切なものであったかと、私たちは常田さんの絵を前にしてまざまざと思い知りたちつくすのである。

常田健さんは沈黙の画家といわれるが、売るための絵を描いてこず、描きためた絵が土蔵の中で大量に最近発見されたからである。常田健さんは自作について解説しようともしないのだが、その一枚一枚の絵は実に雄弁なのである。

2005.2

田中一村の「奄美の杜」

私の部屋には、田中一村の「奄美の杜―ビロウとアカショウビン」がある。もちろん複製である。この絵を見ていると、亜熱帯の奄美の風光が部屋にあふれるほどに満ちてくるから不思議だ。これほどに個性的な絵もない。

アカショウビンが岩の上にとまり、遠くを眺めている。その向こうは海である。手前にはビロウ、ミツバハマゴウ、アカミズキ、ハマユウなどが造型的に配置され、この絵を見る者は森の奥から隙間をのぞいているような感じである。

平面的な構成ではある。手前の森と、中心にある岩の上のアカショウビンと、その向こうの海の水平線と、それぞれに生命感あふれているのだが迫ってくるほどでもなく、静謐な均衡を保っている。森の奥からのぞき見た永遠というような感じだ。

そういえば私の中篇小説『海のかなたの永遠』の本のカバー絵にこの作品が使われ、装幀家の解釈の見事さに感心した覚えがある。あの本以来、私にはこの作品に特別な思いがある。

奄美大島に私は何度も何度も足を運んだ。私はことに奄美の森が好きなのだが、薄暗い森の奥に分け入って、でてくる時にこのような遠くを願い求めるような感覚になることがある。アカショウビンこそ珍しいが、奄美大島ではこのような構図はよくあるといってよい。

深い森にはいったのではなく、たとえば庭の植え込みから明るいところにでた時にも、こんな感覚になるのである。暗いところから明るくて広いところを眺めれば、解放感がある。田中一村もこのような構図を、奄美大島の生活でしばしば実際に体験したのであろう。そうであるなら、アカショウビンは暗鬱な心の底から眺めた希望なのかもしれない。

田中一村の生涯は、最近でこそよく知られるようになった。一村は私と同郷の栃木の人なのである。内陸に位置し、山はどこを向いても見える。だからこそ解放的な海へのあこがれの心が、私にはよくわかるのである。橋本明治や東山魁夷などと同期生として東京美術学校（現在の東京芸術大学）に入学し、いわばエリートであったのだが、ことさら求めたようにして日本画壇から距離をとって苦しい道をいく。心の中に煩悶を育てながら、奄美大島へと移住する。名瀬市の大島紬工場に染色工として働きながら「五年働いて三年間描き、二年働いて個展の費用をつくり、千葉で個展を開く」という画業十年計画を立てる。

結局個展を開くことができたのは、六十九歳で死んだ後、名瀬市中央公民館であった。紬工場で働いている時間が永かった。粗末な家で、まわりに菜園をつくって生活費を切りつめ、普段はパンツ一枚で生活していたと伝えられている。酒も飲まず、絵を描くのは執念というものであった。

この極貧の暮らしの中で、どうしてこんなに澄んだ美しい絵を描くことができたのか。しかも、ごく少数の人しか一村の絵を見ていず、世間には認められず、隣人でさえこんなすごい画家であるということを知らなかった。近所づきあいをしない変わり者としか思わなかったのだ。

一村の実人生と、この素晴らしい画業と、そのあまりの開きに暗澹たる思いになってくる。絵の中にとらえられた風光が明るければ明るい分だけ、悲しい思いは深まるばかりである。

今日では一村の主要な作品の多くは名瀬市の田中一村記念美術館で見ることができる。だが一村の物語を知ってしまった以上、絵を見る眼差しも当然影響を受けないわけにはいかない。

達成した美と、画家の人生の幸不幸とはなんの関係もないことが、なんだか悲しい。私は複製の絵をほぼ毎日見ながら、芸術家の人生というものを悲しい思いで考える。

*

困難な道のり

2001

「光の雨」は困難な作品である。書くことには数々の困難が生じ、完成するまでに思いがけないほどの歳月を必要とした。読むことも、四百字詰め原稿千枚におよぶ長い作品だけにそうたやすいことではないであろう。ましてこの作品を映画化するには、当然ながら幾つもの困難を乗り越えていかねばならない。

連合赤軍による内部総括について、正面から扱った作品である。革命運動をラディカルにおし進めていって、論理を先鋭に追い詰めていき、結果は同志を殺したことで終ってしまったのだ。幾時代かをとおして連綿とつづいてきた精神活動を、斧で断ち切るようにして断絶させた事件について、表現者たちは誰も手を触れようとはしなかった。不用意に近づけば、ブラックホールに吸い込まれるようにして、こちらが解体されてしまうかもしれない。一度は対決しなければならない歴史なのだが、表現者たちは一日のばしにして自分だけが生きのびてきたのだ。

「ワッペイさんだけを打たしておくわけにはいかないよ。俺は映画でやるからさ」

小説「光の雨」を書き上げた私に、高橋伴明は何度この言葉をいったことだろう。高橋伴明は映画監督なのだから、映画表現によって連合赤軍事件と向き合いたいということなのである。

同時代を生きてきた昔からの友人の言葉に、私は表現者としての誠実さを感じた。そして、深い友情も。時代を共有する表現者ならば、必ず越えていかなければならない共通の峠というものはある。「光の雨」は困難な作品であるから、すぐに資金が集まって撮影開始というわけにはもちろんいかない。ここでもまた歳月を必要とするのである。ましてこんな苛酷なテーマであるから、商業資本から資金が寄せられることは考えにくい。ここには「志」というものがまず必要であろう。

ある日私の前に高橋伴明は三十代の男をともなって現われた。その男こそ青島武であった。団塊の世代に属する高橋伴明や私などは、連合赤軍は良きにつけ悪しきにつけどうしても思い入れがでてしまう。そこに若い批評的な視点をいれる必要がある。プロデューサーで脚本家でもある青島武が何稿目かに持ってきたシナリオは、明らかに若い世代からの批評がはいっていて、私は座り直すような気持ちで読みつづけた。現代の若い世代が、「光の雨」の映画を葛藤とともに撮影するという物語になっていた。私とすれば私の「光の雨」を書いたのだし、青島武は彼の「光の雨」の脚本を書き、高橋伴明は彼の「光の雨」を撮ればよいのである。同じことが、闘った全てのスタッフとキャストにいえる。

金がないといつも聞かされ、それなら少々寒いのだが知床の私の山小屋のまわりの森で撮影したらどうかと、提案した。知床の私の友人たちが廃屋になった開拓小屋を解体し、山岳アジトをつくってくれた。まわりの女性たちが炊き出しをやってくれた。そして思いがけないほど多くの人々の力が集まり、撮影がはじまった。厳冬期の知床の寒さは中途半端ではない。若い役者などは寒さへの備えが不充分で、はたで見ていて私などはらはらすることが多かった。

映画は完成した。試写室の暗闇にいて、私の目は熱くなっていた。これまでの様々な出来事を思い出したということもないわけではなかったが、映画の中にすっぽりと包み込まれて私は一観客となっていて、それで涙を誘われたのである。原作者は、映画に裏切られることが多いものだ。私はいおう。原作者として、素晴らしい映画に仕上がったと私は断言できる。

連合赤軍事件が起きてから、また私が連合赤軍事件を小説に書こうと発願してから、一人の人間が持っている時間としてはあまりに長い歳月がたった。そして、ここに高橋伴明監督作品「光の雨」が完成したことは、私にとって深い感慨に満たされるのである。

2009.11

全小説集出版に寄せて

私は作品の数が多いので、全集の刊行などとても無理だと思っていた。自分でもよくわからないのだが、共著や文庫や絵本をあわせると三百冊前後はある。ある時、筑波大学の黒古一夫《くろこかずお》教授から、全小説集を刊行してみないかと誘われた。小説だけに限ってみるなら、全部で七十三冊、長短で二百二十五編、枚数にして四万三千枚余りだという。

その数字を聞いて、自分でも驚いた。毎日毎日書きつづけてきて、今も書いている。改めて目録を眺め、当然のことながらいつどんな状態で書いたのか、すべて覚えている。単行本単位ではなく、一行一行のことを全部記憶にとどめているのである。それらの作品群が、私を前へ前へと押し出す力となってくれたのであろう。

商業出版の上からは、私の処女作は『早稲田文学』一九七〇年二月号に発表した「とほうにくれて」である。だがその前に、原稿用紙の終りに（一九六八年二月二十八日脱稿）とメモされた「溜息まじりの死者」がある。あれからほぼ四十年の歳月がたったのである。

心地よい日溜まりの中にあるような宇都宮高校から、学生運動の激しい早稲田大学にいき、翻弄される自分を見詰めてその思いをまず書かなくてはいられなかった。書き上がると、文芸誌『文芸』の「学生小説コンクール」に応募した。最終選考に残ったものの、出版社側に会社経営上の問題が生じ、コンクールそのものが中止になった。私は河出書房にいき、原稿を引き取ってきた。この「溜息まじりの死者」が、私の正真正銘の処女作ということになる。

その後、就職内定の決まっていた大手出版社にはいかず、職業作家をめざしたが、そう簡単にはうまくいかない。故郷の宇都宮に帰って市役所に就職をした。ずっと書きつづけていたため、市役所にはいる以前の作品も、勤務時代の作品もある。

宇都宮に居を定めて書いていこうと肚を決めた当時、栃木は文化不毛の地であり、ここでは文学は成立しないという論がまかり通っていた。そのことには強い反感を覚えた。人が暮らしている土地なら何処でも文学は成立し、当然栃木弁を話す人物たちが登場する小説があってもよいはずだと信じた。だが実際にはなかなかうまくいかず、試行錯誤を繰り返していた。その結果として生まれたのが「遠雷」であった。

勉誠出版で「立松和平全小説」の刊行が決まり、全作品に目を通している黒古教授によって編集作業がはじまった。最初の単行本『途方にくれて』から最近の『道元禅師』『人生のいちばん美しい場所で』まで、テーマごとに二冊から三冊の単行本をおさめるとして、全三十巻になる。これを三期に分けて出す。各巻に黒古教授が詳細な解説と解題を付し、私が各巻にちなんだ回想録「振り返れば私がいる」を書く。刊行開始は二〇〇九年十二月中旬とする。

私は全小説集の刷り上がってきたばかりのチラシを眺めながら、本稿を書いている。喜びも苦しみも哀しみももちろん人生を賭けたこれら作品の中にあったのだが、とにかくここまで走りつづけ、なお先にいこうとしているのだと思った。

いい人生だった

2002.12

私が死んだら、特別のことはまったくする必要がない。一般的にみんながするように、葬儀をし、火葬をし、故郷の墓に納骨してもらえばよい。分骨をしたければ、すればよい。残されたみんなが困らないように、当たり前のことを当たり前にすればよい。

財産といってもたいしたものはないが、分けるものが少しでもあったら、法律で決められているとおりにすればよい。私が使っていた身のまわりの品々も、欲しいという人があればあげればいいし、保管に困るだろうから処分してもらえばよい。

たぶん私自身の著作物もふくめた蔵書の処理に、頭を悩ますに違いない。私はどうしてもらいたいということはない。どこかにまとめて寄附してもよいし、そのまま置いておいてもよいし、古本屋に売ってしまってもよい。本当に、困らないようにしてもらえばよいのである。

私は生涯かけて著作をしつづけたが、その行方は著作物自身が決めるであろう。世の中に必要とあれば何冊かは残るかもしれないし、そうでなかったら跡もなく消滅するであろう。

私に関する記憶も、死後も私が必要とされれば、必要とする人の中に残るであろう。必要とされず消えてしまっても、いっこうにかまわない。私が生きている間にしてきたことが、すべて決めるであろう。

死後にどうして欲しいという意思は、私にはない。どうなっていくかは、私が生きている間にすべて決定されているのである。

私などに煩わされず、諸君が諸君なりの幸福な人生を送ることを切望する。

私は幸福であった。いい人生だったなあと、心から思っている。思い残すことはない。もう一度いう。私は幸福だった。

ありがとう。さようなら。

初出一覧

*

流れる水は先を争わず。（『ＰＨＰ』二〇〇七年九月号、ＰＨＰ研究所）

Ⅰ　子供の頃

卵売りの戦後（『卵洗い』講談社文芸文庫、二〇〇〇年一月）
幸福だった日（『図書新聞』二〇〇七年一月一日）
自分自身の黄金時代へ（『昔はみんな子供だった』祥伝社、二〇〇三年十月）
柱の汚れ（『学校図書館ブッククラブ会報』一〇四号、二〇〇四年十一月）
ごはんを炊く（『ごはんミュージアムマガジン』二〇〇六年冬号、全国農業協同組合中央会）

Ⅱ　青春時代

線路のある高校（『読書への招待』一ツ橋文芸教育振興会、二〇〇七年五月）

カメラマンの夢、親に反対され…（『サンデー毎日』二〇〇一年一月二十一日号、毎日新聞社）
受験合否の電話（『ＰＨＰほんとうの時代』二〇〇八年六月号、ＰＨＰ研究所）
涙出たオニオンスライス（『朝日新聞』二〇〇七年一月四日夕刊）
日雇いの仕事（『今日から悠々』二〇〇六年夏号、新学社）
「永遠のチャンピオン——大場政夫」。（『Number』二〇〇〇年七月号、文藝春秋）
はじめての原稿料（『文藝春秋 SPECIAL』二〇〇七年秋号、文藝春秋）
勝つはずのない闘い（『週刊朝日増刊　週刊朝日が報じた昭和の大事件』朝日新聞社、二〇〇七年三月）
一生懸命の仕事（『自己表現』二〇〇五年十一月号、芸術生活社）

III

壮年になって

生きるヒント（『Nagoya 発』二〇〇一年九月号、名古屋市）
今日の昼、女房が死んだ（『向上』二〇〇三年六月号、修養団）
しゃかりきに子育てに奔走できるのは幸福なこと（『さんさい』天理教少年会本部、二〇〇一年十月）
タマ——母親の威厳（日本ペンクラブ編『わたし、猫語がわかるのよ』光文社、二〇〇四年五月）
四人の孫（『オール讀物』二〇〇七年六月号、文藝春秋）
親として育てられる（『向上』二〇〇七年七月号、修養団）
ふるさと回帰運動への想い（『JOYO ARC』二〇〇六年五月号、常陽地域研究センター）
地方移住の支援と都会のセンスを地域に活かす（『ELDER』二〇〇九年七月号、労働調査会出版局）
作物は誰が育てたか（『在家佛教』二〇〇六年十二月号、在家佛教協会）

極限で磨かれる魂（『毎日新聞』二〇〇五年九月三十日）
サハラ砂漠の美しさと恐ろしさ（『KANKU』二〇〇八年八・九月号、関西国際空港）
戦争と立場（『DAYS JAPAN』二〇〇九年一月号、デイズジャパン）
悲しきテレビ生活（『調査情報』二〇〇八年九・十月号、ＴＢＳメディア総合研究所）
十年ぶりの同級会（『第三文明』二〇〇九年四月号、第三文明社）

Ⅳ　父のこと、母のこと

父との別れ（『さようなら物語』双葉社、二〇〇〇年四月）
お墓の代参。（『こころの国』五号、二〇〇五年、読売エージェンシー）
新緑と母の喜寿（『Gas Epoch』二〇〇〇年夏号、日本ガス協会、二〇〇〇年七月）
お茶贅沢（『月刊「茶」』二〇〇四年六月号、静岡県茶業会議所）
週に一度、電話の定期便（『ＰＨＰ』二〇〇三年七月号、ＰＨＰ研究所）
父の原点（『人』二〇〇五年三月号、矯正協会）
守るに足る社会をつくる（『論座』二〇〇六年七月号、朝日新聞社）
生と死の淵から（『なごや　ゴボウ』二〇一号、ジェイウィルカム、二〇〇六年五月）
頑張るつもりではあるのだが…（『高齢社会をよくする女性の会　会報』二〇〇六年三月号）
明日母を見舞いにいこう（『美空』五号、オリックス・リビング、二〇〇六年十一月）
親父（『ふれあい21』二〇〇〇年秋号、ニッセイ聖隷健康福祉財団）

Ⅴ　足尾に緑を育てる

子供時代の足尾の記憶は、美しい水ばかりだ
（『週刊にっぽん川紀行21　渡良瀬川』学習研究社、二〇〇四年九月）
春の植林（『MONTE ROSA』二〇〇〇年六月号、エアー）
足尾に木を植える季節（『下野新聞』二〇〇一年四月一日）
足尾を緑にする
（加藤仁監修『団塊シニアの「生き甲斐」発見ＢＯＯＫ』一号、技術評論社、二〇〇五年十二月）
「百万本植樹」掲げ十一年（『下野新聞』二〇〇六年五月二日）
田中正造は何もかもを捨てるまで闘った（『図書新聞』二〇〇八年八月三十日）
足尾の桜（『お元気ですか』二〇〇七年十二月号、ビスタ）
足尾の森が紅葉した（『sylvan』第一〇号、シルバン編集委員会、二〇〇八年十月）

Ⅵ　歌と詩へ

紫草と万葉集（『万葉人が愛した名歌に咲く花』学習研究社、二〇〇三年七月）
桜のはかなさ（『大人の桜旅』ニューズ出版、二〇〇五年四月）
迷いの末にたどりついた冴え冴えとした境地（『歴史街道』二〇〇五年四月号、ＰＨＰ研究所）
西行と遊女（『国立能楽堂』二〇〇四年十二月号、日本芸術文化振興会）
旅の中に捨身する（『一個人』二〇〇九年十月号、ＫＫベストセラーズ）

私を支えてくれたこの言葉（『ＰＨＰほんとうの時代』二〇一〇年一月号、ＰＨＰ研究所）
言葉の感応（『現代詩手帖』二〇〇一年三月号、思潮社）
草野心平は蛙だった（『中原中也の會會報』第二四号、二〇〇八年七月）

Ⅶ　文学者・芸術家たち

母に会いに行く――鏡花最後の小説（『別冊太陽　泉鏡花』平凡社、二〇一〇年三月）
鏡花の女性崇拝（『北國新聞』二〇〇七年十一月六日）
芥川龍之介――文体が立っている（『芥川龍之介全集　月報一九』岩波書店、二〇〇八年七月）
安吾の目の恐ろしさ（北川フラム『逸格の系譜』現代企画室、二〇〇五年二月）
困ったほど身近な太宰治（『週刊読書人』二〇〇九年十二月六日）
人間的苦悩と国家（『〈在日〉文学全集第三巻　金石範』勉誠出版、二〇〇六年六月）
浜田廣介の作家魂――「泣いた赤おに」から（『浜田廣介童話集』角川春樹事務所、二〇〇六年十一月）
誰もが「たそがれ清兵衛」だ（『週刊藤沢周平の世界４』朝日新聞、二〇〇六年十二月）
すべての人が救われる物語（『週刊藤沢周平の世界28』朝日新聞、二〇〇七年六月）
魅力あふれる『林住期』にて（五木寛之『林住期』幻冬舎文庫、二〇〇八年九月）
ラブミー農場からの手紙（『大法輪』二〇〇八年十月号、大法輪閣）
中上健次、初対面から（『牛王』四号、熊野ＪＫプロジェクト、二〇〇六年七月）
一九七三年の中上健次（『河』二〇〇八年八月号）
わが無頼の友よ花吹雪け（石和鷹『地獄は一定すみかぞかし』新潮文庫、二〇〇〇年一月）

放下の境地——池田遙邨回顧展に寄せて（『中日新聞』二〇〇〇年三月十四日夕刊）
「沈黙の画家」の雄弁な絵（『産経新聞』二〇〇〇年五月十一日夕刊）
田中一村の「奄美の杜」（『一枚の繪』二〇〇五年二月号、一枚の繪）

＊

困難な道のり（映画「光の雨」パンフレット、二〇〇一年）
全小説集出版に寄せて（「下野新聞」二〇〇九年十一月二十四日）
いい人生だった（『大法輪』二〇〇二年十二月号、大法輪閣）

撮影：江越美保

立松和平◎たてまつ・わへい

作家。一九四七年、栃木県宇都宮市に生まれる。早稲田大学政治経済学部卒業。在学中から日本各地および海外を旅し、七〇年に処女作「とほうにくれて」が『早稲田文学』に掲載される。同年、「自転車」で早稲田文学新人賞を受賞。出版社への就職が内定していたが就職せず、土木作業員や魚市場の荷役など種々の職業を経験しながら執筆活動をつづける。七三年、帰郷し宇都宮市役所に就職。七九年から文筆活動に専念。八〇年「遠雷」で野間文芸新人賞、九三年「卵洗い」で坪田譲治文学賞、九七年「毒――風聞・田中正造」で毎日出版文化賞、〇七年「道元禅師」で泉鏡花文学賞、〇八年親鸞賞受賞。また国内外を旺盛に旅し多くのエッセイを執筆するとともに、自然環境保護と地域振興に目をむけ「足尾に緑を育てる会」や「ふるさと回帰支援センター」の活動にかかわる。『立松和平全小説』全三十巻（勉誠出版、刊行中）、『立松和平 日本を歩く』全七巻（勉誠出版）、『親鸞と道元』（五木寛之との対談、祥伝社）、『百霊峰巡礼』第一～三集（東京新聞出版局）ほか著書多数。二〇一〇年二月八日逝去。

立松和平エッセイ集　いい人生

二〇一一年四月二〇日　第一版第一刷発行

著者　立松和平

発行者　石垣雅設

発行所　野草社
東京都文京区本郷二－五－一二
電話　〇三－三八一五－一七〇一
ファックス　〇三－三八一五－一四二二

発売元　新泉社
東京都文京区本郷二－五－一二
電話　〇三－三八一五－一六六二
ファックス　〇三－三八一五－一四二二

印刷・製本　シナノ

ISBN978-4-7877-1183-0　C0095

立松和平エッセイ集　四六判上製／定価各1800円＋税

旅暮らし

旅で出会った自然の風景、世の移ろい、人々との交流を味わい深い文章で綴る。

Ⅰ　北の大地へ　Ⅱ　日本の原風景、東北へ　Ⅲ　故郷、栃木へ　Ⅳ　住む街、東京で
Ⅴ　甲信越の山並みへ　Ⅵ　西国へ　Ⅶ　南の島へ　Ⅷ　海の彼方へ

仏と自然

自然と調和し、ともに生きていく道を、ブッダや道元の歩みから学ぶ。

Ⅰ　瑠璃の森で　Ⅱ　道元と私　Ⅲ　是れ道場なり
Ⅳ　古事の森　Ⅴ　門を開けて外に出よう　Ⅵ　円空と木喰行道